पीला गुलाब

पीला गुलाब

डॉ. देवीप्रसाद गुप्त

वाणी प्रकाशन

वाणी प्रकाशन

4695, 21-ए, दरियागंज, नयी दिल्ली 110 002

शाखा

अशोक राजपथ, पटना 800 004

फ़ोनः +91 11 23273167 फ़ैक्स: +91 11 23275710

www.vaniprakashan.in
vaniprakashan@gmail.com

PEELA GULAB
by Dr. Deviprasad Gupt

ISBN : 978-93-5000-801-0
Collection of Stories

प्रथम संस्करण

मूल्य : ₹ 150

ओम ऑफसेट प्लेट मेकिंग

वाणी प्रकाशन का लोगो मक़बूल फ़िदा हुसेन की कूची से

अर्पण

कामिनी अग्रवाल
जयकान्त गुप्ता
चिति अग्रवाल
पुरु अग्रवाल

प्राकल्प

साहित्य की विविध विधाओं में कहानी सर्वाधिक लोकप्रिय है। कहानी की लोकप्रियता के मूल में लोकरंजन का तत्व तो प्रमुख है ही साथ ही असंख्य लोकविश्वास, लोक आस्थाएँ, लोक संकल्प, लोक रूढ़ियाँ, लोक संस्कार, लोक परम्पराएँ, लोकोक्तियाँ, लोक आकांक्षाएँ, लोकगीत तथा लोक जीवन से जुड़े जीवनादर्श भी कहानी की रचना के ताने-बाने को बुनने में सहायक होते हैं। समग्रतः लोकधर्मी संचेतना और संवेदना ही कहानी के रचाव का पारदर्शी दर्पण बनती हैं। वस्तुतः लोकमानस से निष्पन्न संवेदना कहानी की संरचना का आधार स्तम्भ होती है, जिसमें अनुभूति की प्रामाणिकता संदीप्त होती है। प्रस्तुत संग्रह की कहानियों के सृजन के मूल में यही रचनाधर्मी प्रस्थान बिन्दु है, जो कहानीकार की सर्जक चेतना को अनुप्रेरित और उद्घाटित करता है। इसी परिप्रेक्ष्य में इस संग्रह की कहानियों की रचनाधर्मी सार्थकता का संधान किया जा सकता है। अपनी कहानियों की सृजनधर्मिता का प्रत्याख्यान करते हुए वे कहानियाँ और कहानीकार भी मेरे समक्ष हैं जो आत्मोन्मुखी रागत्मिका वृत्ति के सहारे स्वान्तःसुखाय कथा-सृजन करते हैं, जिसे सामान्यतः मनोवैज्ञानिक कथा साहित्य की संज्ञा दी जाती है। इसमें सृजन की सार्थकता 'कला-कला के लिए' सिद्धान्त के अन्तर्गत प्रतिबिम्बित होती है। मेरी दृष्टि में सामाजिक सरोकार से विरत और लोकरंजन से विमुख रचना की सार्थकता और सोद्देश्यता के समक्ष सदैव ही प्रश्नचिह्न अंकित किए जाते हैं।

रचनाधर्मी सार्थकता के सन्दर्भ में उपर्युक्त विवेचना इस चिरन्तन सत्य को उजागर करती है कि कहानी लोकजीवन की जीवन्त अनुभूति है, इसकी प्रामाणिकता की पहचान सृजित कहानी के कलेवर में संवेदना की गहनता, रचाव की परिपक्वता, उद्देश्य की सार्थकता और लोकाभिमुखता के प्रतिमानों के आधार पर की जा सकती है। कहानीकार के रूप में मेरे जीवन के जीवन्त अनुभव, सामाजिक सरोकारों की सघनता, सरल रचना शिल्प, सुबोध भाषा और पाठकीय प्रभाव क्षमता सृजन के क्षणों में सदैव मेरे सम्मुख रहे हैं। मेरे समीक्षक रूप की सजगता कहानियों के कथा पट में अनचाहे समाई हुई है। इस संग्रह की कहानियों में पहली 50 वर्ष पूर्व लिखी गयी

थीं और अन्तिम कुछ वर्ष पूर्व। विगत 50 वर्षों में रचित कहानियों और कविताओं में से कुछ चुनिंदा कहानियाँ इस संग्रह में संकलित हैं। मेरे जीवन के 75 वर्ष पूर्ण होने पर इस संग्रह का प्रकाशन मेरे रागात्मक बोध से जुड़ा है। इन कहानियों के सृजन की प्रेरणा के मूल में प्रत्यक्ष और परोक्ष रूप से मेरी सहधर्मिणी श्रीमती सरला गुप्ता, पुत्र डॉ. उमाकान्त, पुत्रवधू श्रीमती रजनी गुप्ता एम.ए., पुत्रियाँ डॉ. निर्मला गुप्ता और डॉ. सीमा गुप्ता विद्यमान रहे हैं। इस संग्रह के सुरुचि पूर्ण प्रकाशन का श्रेय वाणी प्रकाशन के यशस्वी एवं तेजस्वी संचालक श्री अरुण माहेश्वरी को है।

अन्त में अपनी कथा साधना का यह सुमन माँ भारती को समर्पित करते हुए स्वयं को गौरवान्वित अनुभव करता हूँ।

स्वतन्त्रता दिवस, 2011
सरला सदन, जेलवेल,
बीकानेर (राजस्थान)

विनीत
डॉ. देवीप्रसाद गुप्त

अनुक्रम

मैं राजा ही रहूँगा

प्रो. प्रसाद ने जोर से दुबारा सिंह साहब के दरवाजे पर लगी घंटी बजाई; पर फिर भी कोई आहट न पाकर दरवाजा थपथपाते हुए आवाज दी – 'राजा! राजा!' और तभी एकदम से कपाट खुले और एक छरहरे बदन का किशोर सामने खड़ा था। सौम्य किशोर ने विनम्रता से कहा – 'जी साब!'

'तुम्हीं राजा हो'

'हाँ साब! आपको किन से मिलना है?'

'अरे मुझे पहचानते नहीं, मैं तुम्हारा अंकल प्रसाद हूँ; हाँ पहचानोगे भी कैसे? पूरे सात साल बाद जो आया हूँ। तुम तब बहुत छोटे थे, जब पहली बार देखा था। बड़े कमजोर से दिखते हो; क्या सिंह साहब खान-पान पर ध्यान नहीं देते हैं? वे तो हर समय पढ़ाई में जोते रखते होंगे। खैर... आज उन्हें डाँटूगा, क्या अभी तक बिस्तर में ही पड़े हैं। सूरज निकल रहा है, उन्हें भी निकलने को कहो। कहना – जोधपुर वाले प्रो. प्रसाद जी आए हैं।' एक ही साँस में इतनी सारी बातें आगन्तुक से सुनकर वह किशोर हतप्रभ सा अन्दर की ओर यह कहता हुआ दौड़ गया कि – 'साब! आप बैठक में विराजें, मैं साब को भेजता हूँ।' प्रो. प्रसाद इस उधेड़बुन में उलझ गए कि राजा साब-साब क्यों बोल रहा था? सिंह साहब का बेटा तो बचपन में गोरा-चिट्टा और गोल-मटोल था, यह दुबला-पतला सा... और यह सोच ही रहे थे कि तभी सिंह साहब ने बैठक में प्रवेश किया। बड़े तपाक से हाथ मिलाया और गले मिले फिर बेतकुल्लफी से बातों में मशगूल हो गए। तभी हाथ में ट्रे लिये उस किशोर ने प्रवेश किया। कॉफी के दोनों मगों को टेबिल पर रखकर बाअदब खड़ा हो गया। प्रसादजी बोले – 'भई सिंह! ये क्या हाल बना रखा है राजा का? बेचारा सहमा सा रहता है।'

सिंह साहब ने कहा – 'तुम जाओ और देखो कि राजा उठ गया या नहीं, उसे भी बैड टी दे आओ। हाँ उसे देकर तुम भी पी लेना।' उसके जाते ही सिंह साहब बोले – 'भई प्रसाद! तुम्हारा भी जवाब नहीं, सर्वेण्ट को ही मेरा बेटा बना दिया।'

'नहीं-नहीं ऐसी बात नहीं है, क्या इसका नाम भी राजा है?' प्रसादजी अपराध बोध से सराबोर स्वर में बोले।

'हाँ इसे भी राजा कहते हैं इसके घर वाले। कई बार ऐसा हो चुका है कि आवाज इसे दें तो राजेश्वर आ जाता है और राजेश्वर को घरेलू नाम से पुकारें तो यह आ जाता है। अब इसी का नाम बदलना पड़ेगा।' सिंह साहब जैसे किसी गम्भीर समस्या का समाधान करते हुए यह सब कह गए।

इतने में सिंह साहब का पुत्र और राजा दोनों कमरे में आ गए। राजेश्वर ने निराले अंदाज में 'हेलो अंकल' कहकर सिर झुकाया और धड़ाम से सामने वाले सोफे पर बैठ गया। राजा आदेश की प्रतीक्षा में हाथ बाँधे खड़ा रहा। पता नहीं क्यों उसकी शालीनता, सौम्यता और विनम्रता से मैं अभिभूत हुए जा रहा था। तभी सिंह साहब ने आदेश मुद्रा में कहा – 'साब की शेविंग और स्नान के लिए गर्म पानी तैयार करो।' राजा 'हाँ साब' कहकर आदेश की अनुपालनार्थ चला गया। सिंह साहब प्रसादजी की तरफ मुखातिब होकर बोले – 'हाँ भाईजान! क्या कार्यक्रम है? मेरे तो आज चीफ साहब का इन्स्पेक्शन है, थोड़ी जल्दी ही ऑफिस पहुँचना है।'

प्रसादजी बोले – 'मुझे भी साढ़े ग्यारह तक यूनिवर्सिटी एक मीटिंग में पहुँचना है। आप इन्स्पेक्शन निपटाओ, मैं चला जाऊँगा। शाम को फुरसत से गपशप करेंगे।'

'ओ.के.' कहकर सिंह साहब और 'अच्छा अंकल' कहकर राजेश्वर बेतकल्लुफी अंदाज में चले गये।

राजा फिर हाजिर हो गया। बोला – 'साहब! गर्म पानी तैयार है। स्नान कर लें तो नाश्ता ले आऊँ। ... खाना कब खाएँगे; खाने में कोई परहेज हो तो बता दें। मुझे साब और राजा बाबू के टिफिन भी तैयार करने हैं। आप जब जरूरत हो आवाज दे दें, मैं तुरन्त हाजिर हो जाऊँगा। ... जाऊँ साब!'

हाँ, हाँ तुम अपना काम करो राजा, मैं जरूरत होगी तो बुला लूँगा।' यह कहकर तौलिया कंधे पर डाले प्रसादजी बाथरूम में चले गए। नहाकर लौटे, नाश्ता किया। बाद में भोजन करते हुए उन्होंने ब्यौरे सहित राजा के बारे में जो जानकारी उसकी ही जबानी प्राप्त की, वह इस प्रकार थी –

'कि राजा, जिसका पूरा नाम राज किशोर है, ग्यारहवीं में पढ़ता है। दसवीं उसने फर्स्ट डिवीजन में पास की। वह सिंह साहब के यहाँ सुबह शाम घर का काम करके डेढ़ सौ रुपये पाता है। साथ में चाय-नाश्ता और राजेश्वर की उतरन के कपड़े भी। राजा का बाप शराबी है और परिवार के लिए बोझ है। वह राजा को पढ़ाने की बजाय धन्धे के जुए में जल्द से जल्द जोत देना चाहता है। वह तो उसकी माँ लड़-झगड़कर भी राजा

की पढ़ाई के लिए कृत संकल्प है तभी तो वह दो-तीन घरों में चौका-बरतन करती है। माँ की एक ही तमन्ना है कि राजा पढ़-लिख कर कुछ बन जाय। यों राजा रोज ही देर से स्कूल पहुँचने के कारण अध्यापकों की डाँट खाता था; किन्तु दसवीं में फर्स्ट आने पर सबकी सराहना और सहानुभूति का पात्र बन गया है। इधर राजेश्वर कॉन्वेन्ट स्कूल में पढ़ता है, घर पर भी ट्यूशन लगा रखी है, फिर भी मैट्रिक सैकेण्ड डिवीजन से ही किया। इस वर्ष राजेश्वर भी हायर सैकेण्डरी ही देगा।'

प्रसादजी ने राजा की हौसला-अफजाई की, उसे अपना पता नोट कराया और आश्वस्त किया कि जब जरूरत हो जोधपुर आकर उनसे मिले। उन्होंने राजा को सीख दी कि खूब मन लगाकर मेहनत से पढ़े तो सरकारी छात्रवृत्ति भी मिल जाएगी; वे उसके प्रति मंगलाकांक्षा करते हुए इंजीनियर बनने का सपना सौंप गए। शाम को खाने की टेबिल पर बतियाते हुए उन्होंने सिंह साहब को राजा को प्रोत्साहन देने का आग्रह किया और देर रात की गाड़ी से चले गये।

अगले दिन सुबह आते ही सिंह साहब ने राजा से कहा – 'आज से तुम्हें राजू कहा करेंगे। बड़ी गड़बड़ हो जाती है। राजेश्वर का घरू नाम भी राजा है और तुम्हारा भी।'

राजा ने विनीत भाव से मिन्नत के स्वर में कहा – 'मेरा नाम न बदलें साब! मेरी माँ ने यह नाम बड़ी तमन्ना से रखा है। राजू पड़ोस के एक गुण्डे का नाम है अतः माँ को 'राजू' नाम से चिढ़ है। बचपन से सब मुझे इसी नाम से जानते और पुकारते हैं।'

इसी बीच राजेश्वर भी आ गया और तपाक से बोला – 'तुम्हें अगर नौकरी करनी है तो राजू ही बनना पड़ेगा।' राजा ने अपने स्वर में सारी विनम्रता उँडेलकर कहा – 'साब! मेरा पूरा नाम राजकुमार है, आप पूरे नाम से पुकार लिया करें।' पर सिंह साहब पर तो जैसे जिद का जुनून सवार था। वे दो टूक अंदाज में बोले – 'देखो बक-बक बन्द करो। एक नौकर को राजकुमार कहना हमारी शान के खिलाफ है। यह तो कंगले को करोड़ीमल कहने जैसा होगा। तुम्हारा और हमारे बेटे का नाम एक सा नहीं हो सकता। तुम मेरे बेटे की बराबरी कैसे कर सकते हो?'

राजा ने तर्कशक्ति को शालीनता में सँजो कर कहा – 'साब! मैं राजा बाबू के बराबर कैसे हो सकता हूँ। मैं तो छोटा हूँ, छोटा ही रहूँगा। देखिए मेरा नाम राज कुमार उर्फ राजा है, पर छोटे साब तो राजाओं के ईश्वर यानि राजेश्वर हैं। साब आपका नाम तो और भी महान् है – आप राजाओं में इन्द्र और देवताओं के भी राजा यानि राजेन्द्र हैं। साब! मैं सच कहता हूँ कि राजा नाम मेरी माँ की महत्वाकांक्षा का मेरुदण्ड और मेरी प्रेरणा का स्तम्भ है...'

बीच में ही टोकते हुए सिंह साहब उत्तेजना में बोले – 'अगर तुम अपना नाम नहीं बदल सकते हो तो शाम से काम पर मत आना' और उठकर चले गए।

राजा सचमुच शाम को काम पर नहीं आया। उसने सारी बातें ज्यों की त्यों माँ को सुना दीं। प्रसादजी से भेंट का प्रसंग भी कह दिया। यह सब सुनकर माँ की गरीबी के आसमान में आत्म-गौरव का सूरज उग आया। उसने गर्व से राजा को गले लगा लिया और कहा कि – 'मैं आज से तीन की जगह चार घरों में काम करूँगी तू जी जान से पढ़ मेरे लाल। तू इंजीनियर बनके बता बेटा। बस!...' और फफक कर रोने लगी।

राजा में अजीबोगरीब संकल्प शक्ति पैदा हो गई वह हायर सैकेण्डरी परीक्षा में प्रथम ही नहीं, सर्वप्रथम आया। फर्स्ट पोजीशन आने से उसे छात्रवृत्ति भी मिल गई। उसका हौसला और बुलन्द हो गया। उसने पोलीटेक्निक से डिप्लोमा किया और प्रसादजी के पास जोधपुर पहुँच गया। उनके सहयोग एवं योग्यता से एक फैक्ट्री में जूनियर इंजीनियर लग गया। सफलता की सीढ़ी दर सीढ़ी कदम रखते हुए राजा एक प्रतिष्ठित कम्पनी में चीफ डिजाइन इंजीनियर के पद तक पहुँच गया। अब उसके पास बंगला, कार, फोन और नौकर सब थे। सचमुच उसकी माँ के आशीर्वाद की बेल पर पदोन्नति के फल लगते ही चले जा रहे थे। इन फलों में परिश्रम की मिठास और पुरुषार्थ की सुगंध थी।

एक दिन वह फैक्ट्री के सेक्शन का निरीक्षण कर रहा था कि अचानक वहाँ कार्यरत जूनियर इंजीनियर राजेश्वर को देखकर चौंक गया। वर्षों पहले का अतीत उसके सामने साकार होकर खड़ा हो गया। वह मनोद्वन्द्व के भँवर में फँस गया। 'क्या वह अपने अपमान का बदला लेना शुरू करे ..., इस पर आरोप लगाकर डिसमिस करा दे।' इसी ने कहा था कि 'तुम्हें अगर नौकरी करनी है तो राजू बनना पड़ेगा।' 'मैं क्या बना हूँ इसे अहसास करा देता हूँ...।' तत्क्षण उसमें साधना के संस्कार जग गए। सोचा पहले इससे बात तो करके देखूँ कि क्या इसमें वही अकड़ है? यह इतने बड़े चीफ इंजीनियर का बेटा होकर भी इस प्राइवेट फैक्ट्री में जूनियर इंजीनियर क्यों है? आदि प्रश्नों की धुंध उसके मन-मानस पर छा गई। वह तेजी से लौटकर अपने चेम्बर में जाकर बैठ गया और जे.ई.एन. को बुलाने के लिए चपरासी को भेज दिया। चपरासी ने जाकर राजेश्वर को कहा कि 'चीफ साहब बुला रहे हैं' और चला गया। राजेश्वर सहमा सा चेम्बर के गेट पर पहुँच कर बोला – 'मे आई कम इन सर!' इस आवाज से राजा चौंक पड़ा। 'कम इन राजा' – सुनकर राजेश्वर अवाक् रह गया 'उसे इस नाम से पुकारने वाला कौन हो सकता है?' राजा ने तभी उठकर गर्मजोशी से राजेश्वर का स्वागत किया और आत्मीयता से आपबीती कहकर उससे भी सबकुछ

जानना चाहा।

राजेश्वर ने सहमे स्वर में बताया कि फर्स्ट ईयर में अंक कम आने से उसे इंजीनियरिंग कॉलेज में प्रवेश नहीं मिला। पिताजी के सपने धूल हो गए; किन्तु उन्होंने डोनेशन देकर मनीपाल के कॉलेज से इंजीनियरिंग करा दी। पिताजी दिवंगत हो गए और माँ ने उसे प्रसाद अंकल के यहाँ भेज दिया। उन्हीं के सहयोग से यह नौकरी लगी और मजबूरन मैंने कर भी ली। एक कमरा लेकर अकेला रहता हूँ। मम्मी बीमार है, फैक्ट्री का क्वार्टर मिल जाए तो मम्मी को भी ले आऊँ। राजा के मन में करुणा और स्नेह का सैलाब उमड़ आया। उसने आत्मीयता से राजेश्वर को गले लगा लिया और कहा कि – 'चिन्ता न करो; सब ठीक हो जाएगा।' राजा ने उसे अपने साथ ही ठहरने की पेशकश की और कहा कि 'शाम को साथ ही चलना और वहीं खाना खायेंगे। माँ तुमसे मिलकर बहुत खुश होगी। तुम्हें अगले हफ्ते ही क्वार्टर अलॉट हो जाएगा तब अपनी मम्मीजी को भी ले आना।' राजा के अप्रत्याशित सौम्य व्यवहार से राजेश्वर गद्‌गद हो गया। वह अवरुद्ध कंठ से बोला – 'राजा तुम धन्य हो और धन्य है तुम्हारी संकल्प शक्ति।' राजा ने हँसते हुए कहा – 'ऐसा कुछ नहीं है, सब माँ का आशीर्वाद है। चलो! बाहर ड्राइवर इंतजार कर रहा है, लंच तो अभी साथ लेंगे और हाँ, तुम चाहो तो मुझे राजू भी कह सकते हो, माँ तो राजा ही कहती है और मैं राजा ही रहूँगा।'

कुण्डली योग

सदा गम्भीर और उदास रहने वाली विभा आज उमंग और उल्लास में भरी बहन की शादी के कार्ड बाँटती हुई अपने प्रोफेसर प्रसाद जी के घर जब पहुँची तो वे उसे देखकर आश्चर्यचकित रह गये। आश्चर्य उन्हें विभा की प्रसन्न मुख मुद्रा और उमंग भरी चाल को देखकर हो रहा था। दर्शनशास्त्र जैसे गूढ़ विषय का गूढ़ता से अध्ययन-अध्यापन कराते हुए वे स्वयं भी गम्भीर ही रहते थे और वैसी ही गम्भीर उनकी शोध छात्रा थी। विभा को वे गत पाँच वर्षों से जानते थे। पहले उसने प्रथम श्रेणी में एम.ए. किया और अब वह 'भारतीय दर्शन में भवितव्य का स्वरूप और सम्भावनाएँ' विषय पर पीएच.डी. कर रही थी। एक तो गूढ़ विषय, ऊपर से गम्भीर स्वभाव वाली शोधकर्त्री और दार्शनिकों की सी मुद्रा वाले शोध निर्देशक; कुल मिलाकर 'करेला और नीम चढ़ा' वाली कहावत चरितार्थ हो रही थी।

विभा को अप्रत्याशित रूप से देखकर बोले – 'क्या बात है विभा? आज तो तुम्हारे पाँव जमीन पर नहीं पड़ रहे हैं। खुशी का कौनसा खजाना लूट लाई हो।'

'सर! बहुत दिनों से अटकी मेरी बहन बीना की शादी यकायक तय हो गई है। परसों है – आपको जरूर आना है। साथ में आंटी, भाभी, भैया और दीदी को भी। सर! मैं आज बहुत खुश हूँ, जीजाजी की पर्सनेल्टी देखते ही बनती है और स्वभाव के तो क्या कहने।' विभा अनजाने ही बहुत कुछ कह गई और तनिक सा विराम लेकर बोली – 'सर! मैं बीना की कुण्डली भी ले आयी हूँ, जरा देख लीजिए दोनों की जोड़ी कैसी रहेगी?' और उसने कुण्डली खोलकर सामने रख दी। चूँकि विभा प्रोफेसर प्रसाद की पट्ट शिष्या थी, अतः वे उसके अनुरोध को स्वीकार कर कुण्डली देखने लगे। कुण्डली देखते-देखते वे बहुत सीरियस हो गये। विभा टकटकी बाँधे उनके चेहरे के भाव परिवर्तन को गौर से देख रही थी। अन्ततः प्रोफेसर साहब ने वह कुण्डली लौटाते हुए कहा – 'जब शादी की तारीख ही तय हो गई है तो कुछ भी देखने से क्या लाभ?'

विभा प्रोफेसर साहब के रिमार्क से हतप्रभ हो गई और हाथ जोड़कर अनुरोध

करती हुई बोली – 'सर! मेरी बहिन के भविष्य का सवाल है; आप सब कुछ साफ-साफ बता दीजिए। मैं आपकी चिर ऋणी रहूँगी। आपकी भविष्यवाणी पर मुझे सदा ही अटूट विश्वास रहा है।'

प्रोफेसर प्रसाद दुविधा में फँस गए। वे साफ-साफ कह दें तो रंग में भंग हो जाए और कुछ न कहें तो शिष्या से छल करने का अपराध बोध उन्हें सताता रहेगा। आखिरकार उन्होंने बताने का ही फैसला कर लिया। वे बोले – 'असमंजस की स्थिति है विभा? तुम्हारी बहिन की शादी का योग इन दिनों बनता ही नहीं है और दूसरी कठोर बात धैर्य से सुनो! यदि शादी हुई तो वह विधवा हो जाएगी। किन्तु आश्चर्य की बात यह है कि डेढ़-दो वर्ष के बाद वह फिर सौभाग्यवती होगी और आजीवन सौभाग्यवती ही बनी रहेगी। हाँ एक बात और कहनी है कि तुम्हारी बहिन मंगली है और इसकी शादी भी मंगली योग वाले वर से होनी चाहिए।'

प्रोफेसर प्रसाद की बातें सुनकर विभा सकते में आ गई। उसका चेहरा निस्तेज हो गया। वह लगभग रुआँसी होकर बोली – 'सर! शादी की तो सब तैयारियाँ हो चुकी हैं। सगाई की रसम से पहले मंगली वाली बात उठी थी। वर भी मंगली नहीं है। मेरे पिताजी और लड़के के मामा, दोनों ने यह कहकर सगाई करवा दी कि ये सब वहम है, ईश्वर सब ठीक ही करता है। फिर ज्योतिषी कोई विधाता तो है नहीं, जो उसकी बात पत्थर की लकीर हो। अब आप ही बताइए कि क्या किया जाए?'

क्षणभर पहले का उल्लासपूर्ण वातावरण गमगीन हो चुका था। विभा और प्रोफेसर प्रसाद दोनों ही चुपचाप मौन के जंगल में विचर रहे थे। इस मौन के माहौल को तोड़ते हुए प्रोफेसर प्रसाद ने कहा – 'विभा सब कुछ ईश्वर पर हीं छोड़ दो। जो होना है सो होकर ही रहेगा। विधि के विधान को कौन टाल सकता है। तुम जाओ और कार्ड बाँटो। हाँ एक बात और कि मैं इस शादी में शामिल नहीं होऊँगा बुरा न मानना; लेकिन शादी के दिन जो सगुन के रूप में मंगल राशि का लिफाफा भिजवाऊँ उसे अवश्य स्वीकार कर लेना।'

यह कहते हुए वे उठकर ड्राइंगरूम से बेडरूम में चले गए और विभा भी बिना कुछ कहे भारी मन से उठकर चली गई।

निश्चित तारीख को निश्चित समय पर बीना की शादी हो गई। उसके चाचा शादी के दिन व्यक्तिगत रूप से प्रोफेसर साहब को बुलाने के लिए आए लेकिन वे नहीं गए। बाद में पूछने पर उन्हें ज्ञात हुआ कि शादी बड़ी धूमधाम से हुई और बीना अपनी ससुराल में अतिप्रसन्न है।

कुण्डली के योग के प्रति अनन्य आस्थावान प्रोफेसर प्रसाद उत्सुकता से भवितव्य की प्रतीक्षा करते रहे।

शादी को सम्पन्न हुए तीन सप्ताह बीत चुके थे। आज बड़ी सुहानी सुबह थी और वे अपने घर के आँगन में बैठे चाय पी रहे थे किन्तु न जाने क्यों उन्हें लग रहा था कि कोई मनहूस साया ईर्द-गिर्द मँडरा रहा है। पग-पग पर सगुन विचार करने वाले प्रोफेसर प्रसाद सुहानी सुबह और मनहूसियत के माहौल में तालमेल नहीं बैठा पा रहे थे। तभी विभा का घरेलू नौकर रामजी बदहवास सा आकर खड़ा हो गया और बोला – 'सर! आपको अभी घर बुलाया है। बीना बेहोश पड़ी है और विभा बदहवास रोती ही चली जा रही है। सर! बीना पर तो दुःख का पहाड़ टूट पड़ा। अभी उसके हाथ की मेहँदी भी नहीं छूटी कि वह विधवा हो गई है।'

प्रोफेसर प्रसाद यह सुनकर अवाक् रह गए। बड़ी मुश्किल से बस इतना बोले कि – 'यह सब कब? कैसे हो गया रामजी? बुत सा बना रामजी रुआँसा होकर बोला – 'सर! आप जल्दी मेरे साथ चलिए रास्ते में मैं सब बता दूँगा।'

वे जैसे बैठे थे वैसे ही उठकर चल दिए। रास्ते में रामजी ने बताया परसों रात कंवर साहब जब दुकान से आए तो मामूली सी एक कील उनकी एड़ी में चुभ गई, जिसे उन्होंने हाथ से निकाल दिया और रात ज्यादा होने के कारण सो गए और सोते ही रह गए। कल उनका अंतिम संस्कार भी हो गया।

प्रोफेसर प्रसाद जब विभा के घर पहुँचे तो कोहराम मचा हुआ था। उन्हें देखकर बिलखती विभा ने पैर पकड़ लिए और कहा कि – 'आपकी भविष्यवाणी सच हो गई। अब आप सबके सामने दूसरी भविष्यवाणी भी कर दीजिए सर। आप कह दीजिए कि वह जरूर सच होगी। मेरी कही बात कोई नहीं मान रहा है, सब मुझी पर बरस रहे हैं कि मैंने यह शादी तभी रुकवा क्यों नहीं दी थी? आप ही सोचिए यह सब तब कैसे हो सकता था, जब कार्ड बँट चुके थे और घर रिश्तेदारों से भर रहा था। सबसे बड़ी बात मेरी बहिन जब सपनों के संसार में उमंगों के झूलों पर खुशियों से झूल रही थी तो अनहोनी कहकर उसके झूले की डोर काट देती या सपना तोड़ देती।'

इतना कहकर विभा फिर फफक-फफक कर रोने लगी।

प्रोफेसर प्रसाद बड़ी असमंजस की स्थिति में थे। वे ये सोचकर नहीं आए थे कि उन्हें दूसरी भविष्यवाणी करनी है; बल्कि वे तो संवेदना प्रकट करने और अपनी पट्ट शिष्या को धीरज बँधाने आए थे। वे मन ही मन पछता रहे थे कि उस दिन उन्होंने विभा के कहने पर क्यों तो कुण्डली देखी और देख भी ली तो इस अनहोनी की भविष्यवाणी क्यों कर दी? उन्होंने वहाँ पर बैठे हुए परिवार के सभी सदस्यों को धीरज बँधाया, संवेदना प्रकट की और यह कहते हुए उठ गए कि – 'भवितव्य के प्रति मेरी दृढ़ आस्था है और कुण्डली योग प्रबल है तो बीना अवश्य सौभाग्यवती होगी।'

प्रोफेसर प्रसाद के जाने के बाद घर में तरह-तरह की बातें हुईं। किसी ने तो यहाँ तक कह दिया कि सत्यवान-सावित्री की कथा सुनाते तो बात समझ में आती।

उक्त घटना के तीन वर्ष बाद प्रोफेसर प्रसाद अपनी आराध्या देवी माँ के मन्दिर में अर्चना कर रहे थे कि उनकी दृष्टि अचानक एक सजी-धजी नववधू पर पड़ी। वह माँ भगवती को नारियल भेंट कर रही थी। उन्होंने आश्चर्य और उल्लास मिश्रित स्वर में उस नववधू को बीना कहकर पुकार लिया। क्षणभर के लिए अचम्भे से आक्रान्त प्रोफेसर प्रसाद माँ भगवती को नमन कर रहे थे और बीना उन्हें नमन कर रही थी।

तत्पश्चात् वे बीना के आग्रह पर उसके घर चले गए। वहाँ उन्हें पता लगा कि बीना की शादी पिछले हफ्ते ही एक उत्साही स्वजातीय विधुर युवक से हो गई है और वह प्रसव की वेदना बिना भोगे ही छह साल के सुन्दर बच्चे की माँ भी है। उसे अनजाने ही खुशियों का संसार मिल गया है। अब वह सब प्रकार से सुखी है। प्रोफेसर प्रसाद को इस जानकारी से अपार सुख और संतोष की अनुभूति हुई। उन्होंने बीना से कहा – 'तुम्हें सुखी देखकर मैं बहुत प्रसन्न हूँ, किन्तु यह बताओ कि इस शादी की सूचना मुझे क्यों नहीं भेजी गई और दूसरी बात कि तुम्हें बीते हुए कल की याद तो नहीं आती है। और हाँ, विभा का क्या हुआ? वह तो रिसर्च भी बीच में ही छोड़कर ट्रेनिंग करने चली गयी थी। क्या तब से लौटी ही नहीं।' प्रोफेसर साहब के एक साथ इतने प्रश्नों को सुनकर बीना बोली – 'सर! मेरी दूसरी शादी विभा की जिद से ही हुई है। उसने हठ कर ली थी कि यदि मैं दूसरी शादी नहीं करूँगी तो वह भी आजीवन अविवाहित रहेगी। मेरी यह शादी बहुत सादे ढंग से कोर्ट में हुई है। गाजे-बाजे और धूम-धड़ाके का तो नामोनिशान ही नहीं था। दूर के रिश्तेदार भी नहीं बुलाए गए। बस उस बहिन की खुशी के लिए मैंने हाँ कर ली, जिसने मेरे लिए इतने बड़े त्याग की प्रतिज्ञा की। विभा ट्रेनिंग के बाद अध्यापिका हो गई है और तब से वह घर कभी नहीं आई, इस शादी की सूचना पाकर भी नहीं। उसने लिखा था कि शादी होने के बाद ही आएगी। अब उसके परसों ही आने का पत्र मिला है और उसी के साथ आपके घर आने की बात तय थी। रही बीते हुए कल की बात सो क्या कहूँ, उसे भूलना मुश्किल है। मैंने एक-एक दिन को एक-एक युग की तरह जिया है किन्तु सोचती हूँ कि इस नए जीवन क्रम की व्यस्तता में कल आज बनकर शायद कहीं खो जाए।'

इतना कहते-कहते बीना गम्भीर हो गई और मैं उसे सुखद भविष्य का आशीर्वाद देकर लौट आया।

सप्ताहांत के दिन बीना और विभा मेरे घर आयीं; दोनों ही गम्भीर किन्तु सहज

प्रसन्न थीं। आवभगत के पश्चात् बातों ही बातों में बीना ने कहा -- 'सर! आपकी भविष्यवाणी तो सदा सच होती है। अब बताइए कि विभी की कुण्डली में शादी का योग कब है?' प्रोफेसर प्रसाद कुछ मुस्कुराए और बोले – 'ये अपनी बहन से ही क्यों नहीं पूछ लेती हो?' बीना का प्रत्युत्तर था – 'सर! यह तो आजीवन अविवाहित रहकर स्वतन्त्रता से जीना चाहती है और जब कभी रिश्ते की बात आती है तो दो टूक न कह देती है। मेरे मम्मी-पापा ने मुझे विशेष रूप से यह कहकर भेजा है कि मैं विभा की कुण्डली का योग भी आपसे पूछ कर आऊँ।' प्रोफेसर प्रशान्त भाव से बोले – 'बीना! यह अपनी-अपनी आस्था का प्रश्न है। मेरी तो कुण्डली के योग में परम आस्था है किन्तु मेरी शिष्या की तनिक भी नहीं है; बल्कि ये कहूँ कि उसकी कुण्डली योग में अनास्था है तो असत्य न होगा। सत्य तो यह है कि मेरे लाख कहने पर भी उसने कुण्डली बनवायी ही नहीं और न ही बनवाएगी। उसे अपनी संकल्प शक्ति पर दृढ़ विश्वास है। अस्तु मेरे विचार से उसके संकल्प की ही विजय होगी। यदि वह आजीवन अविवाहित रहना चाहती है तो रहेगी। फिर भी मेरी राय है कि विभा को पहाड़ सा जीवन जीने के लिए विवाह कर लेना चाहिए। कुण्डली होती तो निश्चय ही मैं देखकर यह बता देता कि विवाह का योग कब होगा?'

इस बार विभा के बोलने की बारी थी। उसने विनम्रता, शालीनता और दृढ़ता के स्वर में कहा – 'सर! मैं अपनी प्रतिज्ञा पर दृढ़ हूँ। आजीवन कुँआरी रहकर परिवार, समाज और राष्ट्र की सेवा करूँगी। स्कूल के बच्चे जिन्हें मैं पढ़ाती हूँ वे ही मेरा परिवार हैं, वे ही समाज की नींव के पत्थर और देश का भविष्य हैं। मेरा यह संकल्प ही योग की साधना और मेरी अनजानी कुण्डली का योग है।

पीला गुलाब

उस दिन बसन्तोत्सव था, चारों तरफ उत्सवमयी धूम-धाम थी। अड़ोस-पड़ोस में सर्वत्र मौज-मस्ती का आलम था। घर में पकवान बन रहे थे। बच्चे धूम-धाम भरे माहौल में धमाचौकड़ी मचा रहे थे। अंजू अपने घर के छोटे से लॉन के कोने में गार्डन चेयर पर बैठी हुई, निर्निमेष दृष्टि से पीले गुलाब के उस पौधे को देख रही थी, जिसकी टहनियों पर मात्र चार फूल लगे हुए थे। दो बड़े खिले हुए और दो छोटे-छोटे अधखिले। सूर्योदय हुआ ही था, उसकी किरणों में प्रखरता भी नहीं थी। पर न जाने क्यों अंजू उस परिदृश्य की ओर पीठ करके बैठी हुई थी। वह बैड-टी का प्याला हाथ में लिए हुए जब गार्डन चेयर पर बैठी तो खुशनुमा माहौल ने उसे सहज ही आकर्षित कर लिया था। पीले गुलाब के पौधे का सम्मोहन उस पर सदा से जादू की तरह असर करता रहा।

पीले गुलाब का वह पौधा अंजू की अतीत की असंख्य कटु और मधुर स्मृतियों का पारदर्शी दर्पण था। बसन्त की बयार में उसके आँचल का छोर और खुली हुई केशराशि लहरा रही थी। उस पौधे को देखते-देखते अंजू का चेहरा उदास होने लगा। न जाने कौनसी कड़वाहट भरी यादों ने उसके मन को झकझोर दिया। थोड़ी देर गुमसुम बैठी रही और तपाक से उठकर पीले गुलाब की टहनियों से तीन फूलों को तोड़कर उनकी एक-एक पंखुड़ी बिखेर दी। फिर उन्हें पैरों से मसलने लगी। प्याले की चाय भी मसली हुई पंखुड़ियों पर उँड़ेल दी, और माथा पकड़कर गार्डन चेयर पर दुःखी मन से बैठ गयी। तभी उसकी बड़ी बहन हाथ में चाय का प्याला लिए हुए आई और उस दृश्य को देखकर अवाक् रह गई, सन्नाटे में आ गई। एक पल अवाक् रहने के बाद उसने कहा – 'अंजू क्या बात है? तबियत तो ठीक है? इतने सुन्दर गुलाब के इन फूलों को मसलकर इनकी यह दुर्दशा किसने कर दी?'

एक पल, दो पल, लगातार चुप्पी भरे माहौल को तीखे स्वर से तराशते हुए स्वर में आभा ने कहा – 'अंजू! अंजू! मैं तुमसे कह रही हूँ क्या हो गया है तुम्हें? बोलती क्यों नहीं। किसी से झगड़ा हुआ है क्या?'

इस बार अंजू ने भर्राए गले से कहा – 'दीदी! प्लीज मुझे अकेला छोड़ दो। इस समय मैं तुम्हारे किसी भी प्रश्न का उत्तर नहीं दे पाऊँगी। आज का बसन्त हन्त बन गया है मेरे लिए। बारह साल पुरानी यादों के जंगल में भटक गई हूँ मैं। तुम तो अफसोस कर रही हो गुलाब के फूलों की मौत पर। मेरा वश चले तो मैं इस गुलशन को ही आग लगा दूँ। एक भी झाड़ और झंखार न रहने दूँ। इन नामुराद फूलों ने मेरी दुखती रग को छू कर ऐसा नश्तर चुभाया है कि मैं विवश होकर तड़प रही हूँ। बारह वर्षों से जो नासूर मेरे मन में छिपा था, वह आज फूटकर रिस रहा है।'

अंजू शायद और भी कुछ कहती लेकिन आभा ने बीच में ही टोककर आदेश की मुद्रा में कहा – 'चुप रह...चुप रह। बसन्त के मंगलमय पर्व पर कैसी अशुभ वाणी बोल रही है।'

आभा की बात सुनकर अंजू, जो अब तक सिसक रही थी, फफक-फफक रोने लगी। आभा ने जल्दी से उसका सिर अपनी गोद में रख लिया तथा उसके बिखरे हुए केशों में अंगुलियाँ फेरते हुए बोली – 'मेरी प्यारी बहन! सच-सच बता आखिर बात क्या है? तूने कुछ भी छुपाया तो मेरा मरा मुँह देखेगी। देख मैं तेरी बड़ी बहन ही नहीं, मैं तेरी माँ भी हूँ। पिछले दो वर्षों से जब से तुम अपने ससुराल से रूठकर आई हो, मैंने तुझे कभी भी खिन्न नहीं होने दिया। बड़ी बहन और माँ के दोहरे प्यार के सरोवर में दिन-रात जितना डुबाया है उससे कभी भी तुझे अपने पति, पुत्र और पुत्री की याद का साया भी नजर नहीं आया। आज ऐसा क्या हो गया जो तूने इस गुलाब के पौधे के महकते फूल तोड़कर मसलकर बिखेर दिये।'

बीच में ही क्रुद्ध नागिन की तरह फुंफकारती हुई अंजू ने आवेश की मुद्रा में कहा – 'दीदी बस, आगे एक शब्द भी मत बोलना। मेरी यादों के उपवन में ये गुलाब का पौधा एक कैक्टस बन कर आया है। इसके काँटों की चुभन नाग दंश जैसी है। इसकी गंध मेरा दम घोंटती है। इसके पीले रंग ने मुझे पीलिया रोग लगा दिया है, सच तो यह है कि इस पौधे का वजूद मेरे अस्तित्व के लिए खतरा बन गया है। आज तो मैंने तीन फूल नोचे हैं, हो सकता है कि कल मैं इसे जड़ से उखाड़ फेंकूँ।'

आभा ने टोका – 'अंजू साफ-साफ कहो पहेलियाँ ना बुझाओ।'

अंजू बोली – 'तो साफ-साफ ही सुनो दीदी! याद करो आज से बारह वर्ष पूर्व का वह बसन्त; जिस दिन वे और मैं शादी की पहली वर्षगाँठ मनाकर तुम्हारा और मम्मी-पापा का आशीर्वाद लेने यहाँ आए थे। पता नहीं कैसे मम्मी ने पहचान लिया था कि मैं माँ बनने वाली हूँ और उन्होंने मुझे 'दूधो नहाओ पूतों फलो' का आशीर्वाद दिया था। तुमने भी व्यंग्य करते हुए कहा था कि 'अंजू आज तू एकदम

बसन्ती हो रही है। नीचे से ऊपर तक स्वर्णाभूषण से लदी, बसन्ती सरसों जैसी खिली अंजू अखण्ड सौभाग्यवती हो'। उस दिन खूब जमकर पकवानों से हमारा सत्कार किया गया था। शाम को ढलते सूरज की पीली किरणों की आभा में तुम्हारे ही आग्रह पर मैंने और उन्होंने मिलकर पीले गुलाब का यह यादगार पौधा लगाया था। तुमने इसे निरन्तर सींचने और देखभाल करने का वायदा किया था। इस पौधे के साथ-साथ खुशियों से भरा हमारा दाम्पत्य जीवन भी विकसित होता गया। पौधे पर जैसे फूल आये वैसे ही दो फूल पप्पू और गुड़िया के रूप में मेरे घर में भी खिले। अचानक शक रूपी एक झंझावात आज से छह वर्ष पूर्व उठा। मेरे ससुर की उस मलिन क्रूर दृष्टि ने सब कुछ झकझोर दिया। उनकी क्रूर दृष्टि पाप ग्रहों की तरह मुझे भटकाव के जंगलों में ढकेलती गई। वे मेरे सिर पर आशीर्वाद का हाथ फेरते तो मुझे लगता था कि कोई सर्प फिसल रहा है। जाने-अनजाने मेरा हाथ पकड़कर मन्दिर जाने की बात कहते तो ऐसा लगता कि साँप मुझे डस रहा है। ये पढ़ाने और बच्चे पढ़ने चले जाते तो घर मुझे श्मशान की तरह लगता था। ससुर जी की उपस्थिति उस तांत्रिक सी लगती थी जो कुछ भी उचित-अनुचित कर सकता था, किन्तु लोग उसे भी साधना का नाम देते। मैंने दबी जबान में अनेकों को यह बात बताई, सांकेतिक रूप से तुम्हें भी लिखी थी। पता नहीं तुम तक मेरी वह अन्तर्वेदना सम्प्रेषित हुई या नहीं। ससुर जी के असाधारण स्वभाव के बारे में जब भी मैंने इनसे कहा तो वे बरस पड़ते। इसके बाद इन्होंने मेरे बारे में ससुरजी को न जाने क्या कह दिया कि वे परिवार में मेरे सबसे बड़े शत्रु बन गये। धीरे-धीरे जेठजी के पास रहने वाली सासूजी तक भी यह बात पहुँच गई। फिर आरोप-प्रत्यारोप का ऐसा अनवरत क्रम शुरू हुआ कि हमारे परिवार की महकती-चहकती बगिया अभिशापों की दुर्गन्ध से भर गईं। मुझे वे कोसते और लांछन लगाते हुए मारने-पीटने तक लगें। आगे की सारी व्यथा से तुम परिचित ही हो। पापा पहुँचे, भाईसाहब और तुम भी मेरे ससुराल गईं। तुम सबने उन्हें समझाया-बुझाया, किन्तु सभी के प्रयास असफल रहे। और फिर एक दिन जाड़ों की ठिठुरन भरी रात में जब मेरे पति ने मुझे घर से बाहर धकेलकर दरवाजा बन्द कर लिया था तो अर्धरात्रि से भोर की वेला तक का समय मैंने कैसे काटा वह मैं तुम्हें अनेक बार बता चुकी हूँ। यह तुम ही हो जिसने मुझे पनाह दी, स्कूल में नौकरी लगवाई और मम्मी-पापा के चल बसने के बाद भी मुझे चले जाने के लिए कभी नहीं कहा...।' कहते-कहते अंजू सुबकती रही और आभा उसका सिर गोद में लिए उसके बालों में अँगुलियाँ फेरती रही। एक भारी-भरकम सन्नाटा धमा-चौकड़ी भरे उस वातावरण में पसर गया।

चमत्कार

सदा की भाँति पिछले गुरुवार को जब मैं माँ सरस्वती के मन्दिर में दर्शन के लिए पहुँची तो वहाँ अपनी पुरानी सहेली दर्शना को वागेश्वरी देवी के समक्ष हाथ जोड़कर प्रणाम करते हुए देखकर आश्चर्यचकित रह गई। मुझे अपनी आँखों पर विश्वास नहीं हो रहा था कि दस वर्ष पूर्व वाली मेरी अंतरंग सहेली वही दर्शना है जो मन्दिर जाने को मजाक समझती थी, पूजा को ढोंग मानती थी तथा माँ के आशीर्वाद में विश्वास नहीं करती थी। मैं टकटकी बाँध कर उसे देखती ही रही। दर्शना ने अन्य श्रद्धालुओं की भाँति श्रद्धा से प्रसाद चढ़ाया, माथा टेका और चलने के लिए ज्यों ही मुड़ी कि मुझे देखकर भाव-विभोर हो गई। वह एकदम मेरे गले से लिपट गई। कुशल समाचार पूछने के बाद जल्दी से बोली – 'क्यों सीमा! चक्कर में पड़ गई ना मुझे मन्दिर में देखकर। तुझे अचम्भा हो रहा है ना?' और इससे पहले कि मैं कुछ बोलूँ वह कहने लगी – 'सीमा! तुम तो भूली नहीं होगी उन दिनों की याद जब हम दोनों कॉलेज के लॉन में बैठकर हर खाली पीरियड में विज्ञान और धर्म से जुड़े विषयों पर अच्छी-खासी बहस करते थे। तुम दर्शन की छात्रा होने के नाते धर्म का पक्ष लेती थीं और मैं विज्ञान की छात्रा होने के नाते वैज्ञानिक उपलब्धियों को सर्वोपरि मानती थी। मैं प्रयोग सिद्ध सत्य पर विश्वास करती थी जो तर्क पर आधारित है। तुम्हारी आस्था धर्मपरायण होने के कारण उन विश्वासों पर अडिग थी जो अंधश्रद्धा और परम्पराओं से प्रसूत थे। मैं कभी-कभी इतनी उत्तेजित हो जाती थी कि तुम्हारे विश्वासों को अंधविश्वास कहकर तुम्हारा अपमान भी कर देती थी। तुम बहुत सहनशील और उदार थीं, इसलिए कभी-कभी हमारी मित्रता को ठेस तो पहुँचती थी किन्तु वह टूटती नहीं थी। हाँ हम दोनों बहस के हर क्षण में उन मुद्दों पर अटल थीं जो विज्ञान और धर्म, तर्क और विश्वास तथा प्रयोग और परम्परा से जुड़े थे।' दर्शना को बीच में टोकते हुए मैंने कहा – 'ये कॉलेज का लॉन नहीं है जहाँ तुम धाराप्रवाह भाषण दे रही हो। पास की गली में ही हमारा घर है, चलो वहीं चलकर चाय पियेंगे और बातें भी करेंगे।'

दर्शना ने मेरा प्रस्ताव प्रसन्नता से स्वीकार कर लिया और घर आ गई। बैठते ही बोली – 'तुझे पता है क्या? मैं एकदम क्यों आ गई हूँ? आज मैं तुझे वह चमत्कार बताने जा रही हूँ जो चार साल पहले घटित हुआ। जिसने मेरे जीवन की गति ही बदल दी। मुझे एक अटूट विश्वास से बाँध दिया। मैं तर्क का बंधन तोड़कर आस्था और विश्वास की डोर से बँध गई। मैंने अब विज्ञान की भौतिक उपलब्धियों को नहीं, वैज्ञानिक दृष्टिकोण को अपनाया है। मैं धार्मिक संस्कारों से भी जुड़ी हूँ जो मन को शांति देते हैं।'

मैंने फिर दर्शना को टोकते हुए कहा कि 'चाय पी, ठण्डी हो जाएगी। और हाँ, पहेलियाँ मत बुझा, सीधे-सीधे बता कि यह पासा पलट कैसे गया? मेरी विज्ञान प्रिय सहेली धर्मपरायण कैसे हो गई?'

दर्शना ने चाय का कप उठाया और एक ही बार में खाली करके रखते हुए सावधान की मुद्रा में बैठकर मनोभाव से चमत्कार की बात को इस प्रकार बताने लगी मानो किसी महान् रहस्य का उद्घाटन करने जा रही हो।

'हाँ तो सीमा, तुझे याद है कि मेरी शादी सात वर्ष पूर्व हुई थी। तू तो शादी में आयी भी थी और मेरी विदाई के समय धीरे से कान में कहा था कि 'ससुराल जाकर छोटी-छोटी बातों में बहस न करना। केवल तर्कों के सहारे जीवन नहीं चलता, जीवन में विश्वास और आस्थाएँ ही काम आती हैं। जीजाजी जैसे कहें मान लेना।' मैंने उस समय तेरी सीख को सुना-अनसुना कर दिया था, किन्तु आज मैं उसी सीख को जीवन की सबसे बड़ी शिक्षा मानती हूँ ... हुआ यूँ कि मेरी शादी के तीन साल बीत गए किन्तु मैं निःसन्तान ही रही। अपने प्रशान्त स्वभाव वाले पति से भी मेरा व्यवहार मधुर न हो सका। सन्तान न होने से मेरी सास विशेष दुःखी रहती थीं। बार-बार मेरी और मेरे पति की डॉक्टरी जाँच हुई किन्तु सब निष्फल। मैं निरन्तर चिड़चिड़े स्वभाव की होती गई। जरा-जरा सी बात पर खीज उठती, किन्तु आध्यात्मिक आस्थाओं में अटूट विश्वास रखने वाले तेरे जीजाजी यही कहते कि भाग्य में होगा तो सन्तान भी हो जाएगी। भगवान पर भरोसा रखो। शेरोंवाली माँ की श्रद्धा और विश्वास से पूजा किया करो। उन्हीं से सच्चे मन से माँगना, तुम्हारी मनोकामना जरूर पूरी होगी। मैं अपने पति की बातों को कोरा उपदेश मानकर अनसुना कर देती। बाँझ होने का हीनभाव मुझे नाग बनकर डसता जा रहा था। नागदंश से भी अधिक पीड़ा तब होती थी जब अड़ोस-पड़ोस की औरतें और रिश्तेदार माँ जी से मिलते और कहते 'न जाने भगवान बहू की गोद कब भरेगा?' और सास एक लम्बी साँस भरकर कहती 'तीन साल तो हो गए। अब तो लगता है कि हमारा वंश भी नहीं चलेगा।'

उसे बीच में टोकते हुए मैंने बड़ी गम्भीरता से प्रश्न किया – 'ऐसे क्षणों में

जीजाजी की क्या प्रतिक्रिया होती थी?' दर्शना बोली – 'सीमा! तेरे जीजाजी नाम के ही नहीं सचमुच प्रशान्त थे। वे हमेशा एक अनागत विश्वास और अन्तहीन आस्था के सागर में डूबे रहते थे। वे यही कहते कि शेरोंवाली माँ पर भरोसा रखो, वह सबको सब कुछ देने वाली है और हमें भी मनचाहा अवश्य देगीं।'

अपनी कहानी को आगे बढ़ाते हुए दर्शना बोली – 'इसी बीच मेरी ननद दिल्ली से गर्मियों की छुट्टी में अपने दोनों बच्चों के साथ पीहर आई। उसके दोनों गोरे और गोलमटोल बच्चे राम-लक्ष्मण की जोड़ी लगते थे। जब कभी भी मेरी बात चलतीं वे कहतीं कि भाभी को एक बार वैष्णो देवी के यहाँ मत्था टिका लाओ, वह मनोकामना जरूर पूरी करेगी। मेरी गोद में ये दो फूल भी शेरोंवाली ने ही डाले हैं। ननद की बातों का असर मुझ पर कुछ-कुछ होने लगा, चूंकि मैं सब तरफ से निराश होकर असफलता के सागर में डूबती जा रही थी। अतः ननद की बातें मुझे डूबते को तिनके का सहारा जैसी लगीं और मैं शेरोंवाली माँ के दर्शन करने के लिए तैयार हो गई।

मेरी ननद भी अपने भाई की तरह ही परम आस्थावान थी। उसने दिल्ली पहुँचते ही हम दोनों का जम्मूतवी ट्रेन से टिकट करवा दिया और हमें टिकट इसलिए भेज दिए कि कहीं मैं अपने निर्णय को बदल न दूँ। टिकट आते ही माँ जी ऐसे हर्षोल्लास से तैयारी में लग गईं जैसे किसी उत्सव के आयोजन में जुटी हों। मेरे मन में भी विश्वास का एक अंकुर फूटने लगा कि क्या पता शेरोंवाली माँ मेरी भी गोद भर दे? तभी मेरे मन में तर्कों का तूफान उठ खड़ा होता जो विश्वास रूपी द्रुमदलों को झकझोर देता था। फिर भी इनकी आस्था और माँ जी की दुआओं का सम्बल पाकर विश्वास का नन्हा पौधा पनपने लगा। मनोद्वन्द्व के चक्रव्यूह में फँसी हुई मैं उनके साथ प्रातःकालीन ट्रेन से दिल्ली के लिए रवाना हो गई, जहाँ से रात नौ बजे जम्मू के लिए ट्रेन जाती है।

ट्रेन में बैठते हुए अनेक संकल्प-विकल्प मेरे मन-मस्तिष्क में उभर रहे थे। मेरे पति अनेक बार कह चुके थे कि किस सोच में डूबी हो। ट्रेन के बाहर के नजारे देखो। हम एक मिशन पर जा रहे हैं जहाँ जो भी जाता है मनचाहा पाता है। माँ के दरबार में सबकी झोली भर जाती है। तभी सामने की सीट पर एक बैठे एक जोड़े पर नजर गई। एक बुर्केवाली औरत की गोद में बच्चा लगातार रो रहा था। उसके पास बैठे अधेड़ उम्र के पुरुष ने मेरे पति को सम्बोधित करते हुए कहा 'कहाँ जा रहे हैं भाईजान! क्या कोई मन्नत मानी थी?' हमारे उत्तर देने से पहले ही वह व्यक्ति फिर बोल उठा 'हम भी गरीबनवाज़ की दरगाह से लौटे हैं। तीन वर्ष पहले उन्हीं की दुआ से हमें यह बच्चा नसीब हुआ था। बहुत बीमार रहता है। अब इसकी तंदुरुस्ती

की दुआ माँगकर आए हैं। इंशाअल्लाह जैसे गरीबनवाज़ ने इस ढलती उम्र में हमारी झोली भरी है, वैसे ही वो इस बच्चे की सेहत की नियामत भी देंगे।' यह कहकर वह प्रश्नवाचक मुद्रा में हमारी तरफ देखने लगा। तभी इन्होंने कहा, 'भाई! हम भी वैष्णोदेवी जा रहे हैं। शेरोंवाली माँ से औलाद की भीख माँगने।' ये अपनी बात पूरी भी न कर पाए थे कि तभी बगलवाले कैबिन से एक सरदारजी जल्दी से आए और सामने वाली सीट पर जगह बनाते हुए बैठ गए। उनके पीछे-पीछे ही एक युवती भी आकर खड़ी हो गई। सरदारजी बोले,'भाईसाहब! दुआओं में बड़ा असर होता है। ये मेरी घरवाली है। हमारी शादी के पाँच साल बीतने पर भी जब कोई फूल न खिला तो पिछले साल मैं सच्चे दरबार में अमृतसर हाजिर हुआ था। वाहेगुरु की मेहर से इसकी गोद फूल सी गुड़िया से भर गई। गुड़िया उधर सीट पर सो रही है। आपकी मनोकामना भी जरूर पूरी होगी।' मेरे पति ने उन दोनों दम्पतियों को धन्यवाद दिया जिन्होंने आपबीती कहकर हमारा मनोबल बढ़ाया। इन घटनाओं को सुनकर मैं आश्वस्त होने लगी। अब मैं निराशा के जंगल से निकलती जा रही थी। मेरे मानस में उगे कैक्टस निर्मूल हो गए थे। हम दोनों हँस-हँसकर बातें कर रहे थे। एक सपना इशारों में बुन रहे थे। शाम ढल रही थी और अँधेरे की पर्त बिछने लगी थी तभी अचानक गाड़ी रुक गई। पाँच मिनट, दस मिनट और अब एक घंटा बीत गया। सभी कह रहे थे क्या हो गया? यहाँ से दिल्ली चार घंटे का रास्ता है और गाड़ी चलने का नाम ही नहीं ले रही। किसी ने बताया कि आगे ट्रेक खराब है। सुबह से ही लोग लाइन सुधारने में लगे हुए हैं। शायद एक-आध घंटा और लगे। इस जानकारी से हम बेचैन हो गए। मैंने कहा अब क्या होगा? जम्मूवाली ट्रेन तो नौ बजे छूट जाएगी और हम तो पहुँच भी नहीं पायें। उन्होंने अविचल भाव से कहा कि क्यों निराश होती हो? शेरोंवाली माँ पर भरोसा रखो। उसने बुलाया है तो गाड़ी भी वही पकड़वाएगी। इस ट्रेन में बैठे और भी लोगों को दिल्ली से गाड़ियाँ पकड़नी होंगी। तुम्हारी तरह तो कोई नहीं घबरा रहा है। मैं गुमसुम बैठी सोच रही थी कि छह बजे तक दिल्ली पहुँच जाते तो मौज से खाना और आइसक्रीम खाकर जम्मू की गाड़ी में बैठते। तभी ट्रेन चल दी।

ट्रेन जब दिल्ली स्टेशन पर रुकी तो साढ़े आठ हो गए थे। जल्दी से डिब्बे के सामने खड़े कुली के सिर पर सामान लदवाकर हाँफते हुए हम उस प्लेटफार्म पर पहुँचे तो देखा जम्मूतवी वाली गाड़ी अजगर सी पसरी हुई रेंग रही है। गाड़ी का डिब्बा हमारे सामने से गुजर रहा था। इन्होंने हाथ जोड़कर गार्ड से ट्रेन रुकवाने को कहा किन्तु वह अनसुनी कर गया। अभी गाड़ी पचास कदम भी नहीं बढ़ी थी कि अचानक रुक गई। हम कुली के साथ दौड़े और आखिरी डिब्बे में जैसे-तैसे धँस गए। ट्रेन

आधा घण्टा और रुकी रही क्योंकि रवाना होते ही उसके नीचे एक भैंस कट गई थी। मेरे पति बोल,'क्यों देखा माँ का चमत्कार।' फिर हम धीरे-धीरे अपने रिजर्वेशन वाले कोच में भी पहुँच गए। सुबह जम्मू में उतर कर तत्काल ही कटरा रवाना हो गए। वहीं से चढ़ाई शुरू हुई। लगभग साढ़े छह घंटे में ऊपर पहुँचे। चढ़ाई के सारे रास्ते में हजारों लोग 'जय माता दी', 'जय माता दी' की गुहार लगाते हुए चल रहे थे जिन्हें देखकर मैं अभिभूत हो रही थी। गहन गुफा में पहुँचकर सर्वसिद्धिदात्री माँ के दर्शनों से कृतार्थ हो गई।

'आज मेरा मुन्ना तीन साल का हो गया है। मैं रोज माँ के दर्शन करती हूँ। धर्म अब मेरे लिए एक धारणा बन गया है।'

दर्शना कुछ और कहती इससे पहले ही मैंने टोक दिया – 'तुम धन्य हो दर्शना! तुम पर माँ की मेहर हुई है। तुम्हारा दृष्टिकोण अब भी वैज्ञानिक है क्योंकि तुमने आस्था और विश्वास के सत्य की खोज खुद की है। सच तो यह है कि धर्म गिरजे से जुड़ा हो या गुरुद्वारे से, मन्दिर से जुड़ा हो या मस्जिद से, जब तक उसमें विश्वास का बल न हो, वह मात्र रूढ़ि बना रहता है। इस रूढ़ि से मुक्ति हमें विवेक दिलाता है। विवेक से जुड़ा धर्म एक चमत्कार नहीं होता वरन् एक विश्वास होता है। एक ऐसा विश्वास जो सभी धर्मों को समान और महान् मानता है।'

निर्णय का क्षण

नीलू और शीलू थीं तो दो सहेलियाँ, किन्तु उनके आपसी व्यवहार और रहन-सहन के ढंग से कॉलेज की सभी छात्राएँ और टीचर उन्हें सगी बहनें मानते थे। दोनों चमचमाती मारुति कार में बैठकर साथ-साथ कॉलेज आती थीं और घर भी साथ-साथ ही उसी कार में बैठकर लौटती थीं। देखने वालों के मन में अनेक बार यह प्रश्न उठता था कि नीलू कीमती कपड़े, इम्पोर्टेड घड़ी और गोगल्स पहने शान से मारुति से उतरती थी और ड्राइवर किताबें लिए पीछे-पीछे मेनगेट तक छोड़ने आता था। वहीं नीलू साधारण सूती ड्रेस पहने बिना गोगल्स और घड़ी के अपनी किताबें स्वयं सँभाले साथ-साथ चलती थी। अमीरी और गरीबी के अन्तराल की विभाजक रेखाएँ दोनों के पहनावे और चाल-ढाल के अन्दाज से साफ-साफ दिखाई पड़ जाती थीं। ताज्जुब इस बात का था कि शीलू और नीलू दोनों कक्षा में एक साथ बैठती थीं। दोपहर में दोनों के टिफिन भी एक साथ खुलते और लाइब्रेरी भी साथ-साथ जाती थीं। शीलू नीलू को दीदी कहकर पुकारती थी किन्तु नीलू उसे शीलू ही कहती थी। नीलू के रईसाना अन्दाज और ठाठबाट को देखकर यूँ भी किसी साधारण लड़की की उससे बात करने की हिम्मत नहीं होती थी और अगर कोई उत्सुकतावश उससे शीलू के बारे में पूछता भी कि – 'ये तुम्हारी क्या लगती है? क्या तुम दोनों एक ही घर पर स्टडी करती हो? आदि' तो नीलू तपाक से सभी को एक संक्षिप्त सा उत्तर देती थी – 'छोटी बहन है, साथ ही रहती और पढ़ती है। और कुछ?' इस जवाब से प्रश्न पूछने वाली लड़कियाँ सहमकर चुप हो जाती थीं। नीलू के प्रखर व्यक्तित्व और ओजस्वी वाणी का एक अद्‌भुत प्रभाव था। शायद इसीलिए हर कोई लड़की उससे बात करने की हिम्मत नहीं कर पाती थी। हाँ इन दोनों को देखकर सहपाठी छात्राएँ कानाफूसी अवश्य करती थीं।

नीलू और शीलू की जोड़ी पर छात्राओं की ही नहीं प्राध्यापिकाओं की भी नजर थी। कॉलेज की सैकड़ों छात्राओं में न जाने क्यूँ ये दोनों अपने रंग-ढंग, वेशभूषा, चाल-ढाल और स्वभाव-व्यवहार से अलग-अलग लगती थीं। यूँ तो कार में आने वाली

कुछ और भी बड़े घरों की छात्राएँ थीं किन्तु वे सब अपनी रईसी की मस्ती और फैशन में डूबी रहती हैं। नीलू में रईसी का अंदाज था, तो फाका-मस्ती का आलम भी, वह तेजतर्रार भी थी और शीलू जैसी सहेली के साथ विनम्र और शालीन भी। सच तो यह है कि उसका व्यक्तित्व एक विलक्षण द्वन्द्व से सरोबार था।

आधा दर्जन प्राध्यापिकाओं से पढ़नेवाली इन सहेलियों को हिन्दी की प्राध्यापिका बेहद पसन्द थी क्योंकि वह कविता-कहानी पढ़ाते हुए उन्हें जीवन का मर्म भी समझाती थी। नीलू और शीलू प्रथम वर्ष विज्ञान की छात्राएँ थीं और उनका लक्ष्य पी.एम.टी. की परीक्षा उत्तीर्ण करके लेडी डॉक्टर बनना था। शीलू तो हर विषय को सुरुचि और मनोयोग से पढ़ती थी किन्तु नीलू को रसायन शास्त्र पढ़ते हुए रसहीन लगता था, जीव विज्ञान के अध्ययन में कहीं भी जीवन की सरसता दिखाई नहीं देती थी, वनस्पति विज्ञान की पढ़ाई से उसमें प्रकृति के प्रति प्रेम नहीं उमड़ता था। उसे सामान्य हिन्दी के अलावा सभी पीरियड बोर करने वाले लगते थे। सामान्यतः विज्ञान की छात्राएँ सामान्य हिन्दी कक्षा में उपेक्षा भाव से मात्र अटेन्डेन्स के लिए जाती थीं जबकि नीलू सामान्य हिन्दी की कक्षा का बेसब्री से इन्तजार करती थी। यही कारण था कि वह हिन्दी की प्रोफेसर सरलाजी की फैन बन गई थी। बदले में सरलाजी भी आत्मीय भाव से नीलू को विशेष स्नेह करती थी। नीलू प्रायः छुट्टी के दिन सरला मैडम के घर बिन बुलाए चली जाती और घण्टों बैठकर साहित्य के माध्यम से उजागर होने वाली जीवन की सच्चाइयों पर बहस करती। विदुषी प्राध्यापिका अपनी सामर्थ्यभर उसकी जिज्ञासाएँ शान्त करती। किन्तु उन्हें लगता था कि नीलू का मन ऐसा मानसरोवर है जिसमें जिज्ञासा की असंख्य तरंगें उठती रहती हैं। इसी क्रम में कॉलेज का कैलेण्डर सत्र समापन की ओर अग्रसर हो रहा है और परीक्षा की तैयारी की छुट्टियाँ भी हो गईं। नीलू तीन-तीन विषयों की ट्यूशन करते हुए पढ़ाई से बोर हो जाती थी। उसे लगता था कि कब फर्स्ट ईयर और पी.एम.टी. की परीक्षाएँ पूर्ण हों और वह कविता-कहानी की पत्रिकाओं के मनचोर रंगों में डूबे। नीलू के आग्रह पर उसके पिता अनेक पत्र-पत्रिकाएँ घर पर मँगाते थे परन्तु उनके पढ़ने का समय नीलू के लिए सीमित और प्रतिबन्धित था। आखिरकार दोनों की परीक्षाएँ हो गईं। दोनों उच्च अंक लेकर फर्स्ट ईयर विज्ञान में उत्तीर्ण हो गईं। लेकिन पी.एम.टी. का परिणाम चौंका देने वाला था। शीलू पी.एम.टी. उत्तीर्ण करने वाले 500 परीक्षार्थियों में पाँचवें स्थान पर थी और नीलू रिजर्व परीक्षार्थियों में पाँचवें स्थान पर। नीलू के घरवाले दुःखी थे कि उनकी बेटी ने 505वाँ स्थान पाया है जबकि उन्हीं की बेटी की सहेली शीलू का पाँचवाँ स्थान है। पता नहीं वह डॉक्टर बन पाएगी या नहीं। उनके घर में उदासी और निराशा का माहौल था। इस निराशा की धुन्ध को रोशनी की किरण

से तराशने वाली सान्त्वना भरी आवाज शीलू की थी जिसने दृढ़ता से कहा कि – 'चाहे कुछ भी हो नीलू डॉक्टर अवश्य बनेगी।' अनिश्चय के अन्धकार में हमदर्दी के इन शब्दों की चमक स्वर्णिम भविष्य का सूर्य तो नहीं बन सकती थी। नीलू इस दमघोंटू माहौल से मुक्ति पाने के लिए सरला मैडम के घर चली गई। आज वह उदास और हताश थी। मैडम ने अपनी चहेती शिष्या से जब कारण जानना चाहा तो नीलू ने कहा – 'मैडम, आप कई बार कौतूहल से शीलू के बारे में जानना चाहती थीं, लो आज खुलासे से बताती हूँ। शीलू जिसका पूरा नाम शालिनी है, हमारे ही मोहल्ले में रहने वाले एक स्कूल अध्यापक की बेटी है। हम दोनों 9वीं कक्षा में पढ़ रही थीं। मैं सोफिया स्कूल की बस में जाती थी और वह पैदल ही राजकीय कन्या हायर सैकेण्डरी स्कूल में जाती थी और बातों-बातों में ही वह मेरी पक्की सहेली भी बन गई। मैं उसे अपने घर भी बुला लेती थी। एक दिन शीलू के विशेष आग्रह पर जब उसके घर गई तो देखा दो छोटी सी कोठरियों वाले किराए के मकान में वह अपने माता-पिता के साथ रहती है। मेरी संवेदना उमड़ पड़ी और मैंने अपने इंजीनियर पिताजी से जिद करके उसी समय खाली हुए अपने मकान के किराए वाले पोर्शन में शीलू के परिवार को रखवा दिया। शीलू के पिताजी एहसान के बोझ तले दबे जा रहे थे क्योंकि उन्हें एक हजार रुपये किराये वाला पोर्शन मात्र तीन सौ रुपये में ही दे दिया गया था। बेटी को डॉक्टर बनाने की बात तो उन्होंने कभी सपने में भी नहीं सोची थी। कहाँ से लाते वे ट्यूशन फीस और दूसरे खर्चे।

शीलू की शालीनता और विनीत व्यवहार से मेरे मम्मी-पापा बहुत खुश थे पर अपनी लाडली बेटी के साथ ट्यूशन पढ़ने की बात उन्हें पसन्द नहीं थी। मेरे पापा ने यहाँ तक कह दिया कि वह अलग से ट्यूशन पढ़ ले और खर्चा वे देंगे। किन्तु शालिनी के स्वाभिमानी पिता को ये निर्णय नापसन्द था। अन्ततः सब मुझ पर छोड़ दिया गया। मैंने उस द्वन्द्व के क्षण में यह निर्णय लिया कि शालिनी मेरे साथ बैठकर ही ट्यूशन पढ़ेगी।' मैडम ने बीच में टोकते हुए कहा कि – 'नीलिमा! तुम बड़ी भोली हो। तुमने यह नहीं सोचा कि तुम्हारे घर पर ट्यूशन पढ़ाने वाला टीचर घण्टे भर में एक के स्थान पर जब दो का होमवर्क देखेगा तो तुम्हें कम समय दे पाएगा।' मैडम की बात बीच में ही काटते हुए नीलू कहने लगी – 'नहीं, मेरे लिए ऐसा सोचना भी पाप है। हम दोनों सदा से अभिन्न और एक रूप रही हैं। सच कहूँ एक दूसरे की पूरक हैं। अगर किसी दिन शीलू किसी कारणवश कक्षा में नहीं पहुँच पाती अथवा ट्यूशन के वक्त नहीं आ पाती तो पढ़ाई में मेरा मन ही नहीं लगता था। मैडम! अब मैं आपको चौंकानेवाली एक बात कह रही हूँ जो मेरे लिए खुशियों का सैलाब लाई है। घर वालों के लिए बाढ़ का कहर बन गई है मैडम। पी.एम.टी. की मैरिट

लिस्ट में शालिनी का पाँचवाँ स्थान है। मेरी कामना पूरी हुई। मेरे छोटे से निर्णय का महान् फल मुझे मिल गया है। एक साधारण लड़की डॉक्टर बन जाएगी। इससे बड़ी असाधारण बात क्या हो सकती है। हाँ, पी.एम.टी. उत्तीर्ण परीक्षार्थियों की लिस्ट में मेरा नंबर 505वाँ है। निश्चय ही मुझे डॉक्टर बनाने की घरवालों की मनोकामना पूरी नहीं हुई, पर क्या फर्क पड़ता है? इस साल नहीं तो अगले साल मेन लिस्ट में मेरा नाम आ जाएगा पर आशंका यही है कि शीलू के बिना तैयारी कैसे होगी? घर में तो अभी से मातमी माहौल है। आप बताएँ अब मैं क्या करूँ?' मैडम ने पूरी गम्भीरता से कहा कि – 'नीलू तुम धन्य हो। ईश्वर तुम्हें परोपकार का प्रतिफल अवश्य देगा। मेरी शुभकामनाएँ तुम्हारे साथ हैं। चलो चाय पियो और सुनो कहानियों की दो नयी पत्रिकाएँ आई हैं घर लेती जाना।'

नीलू घर लौटी तो शालिनी और उसके माता-पिता घर की बैठक में नीलू के मम्मी-पापा के पास ऐसे बैठे हुए थे, जैसे वे संवेदना प्रकट करने आए हों। मैं पहुँची तो लपककर शालिनी गले लिपटकर फफक कर रोने लगी। वह कहने लगी तेरे बिना मैं भी मेडिकल में पढ़ाई को नहीं जाऊँगी। उसके माता-पिता की चिन्ता खर्चे को लेकर थी। कहाँ से लाएँगे वे फीस की मोटी रकम और महँगी किताबों की खरीद का खर्च। नीलू ने संकल्प स्वर में कहा – 'सारा खर्चा मेरे पापा देंगे।' नीलू के कथन पर पापा या मम्मी ने कोई प्रतिक्रिया व्यक्त नहीं की। अन्ततः शीलू और उसके माता-पिता चले गए।

समय बीतता गया। शीलू को इंटरव्यू का बुलावा आया। इस बीच पता लगा कि चार लड़कियों ने इंटरव्यू नहीं दिया। अब कोई एक और न पहुँचे तो नीलू को भी बुलावा आ सकता है। नीलू और पूरा परिवार व्यग्रता से किसी एक की ना का इन्तजार कर रहा था। पर किसी ने ना नहीं की। आज इंटरव्यू का आखिरी दिन था। शीलू सुबह ही नीलू के नाम का इंटरव्यू लेकर पहुँची तो घर में खुशी की लहर छा गई। शीलू ने बताया अब दोनों इंटरव्यू देने साथ जाएगी। साथ-साथ ही गईं। किन्तु इंटरव्यू कॉल में नीलिमा को ही बुलाया गया, उसका चयन भी हो गया। अगले दिन चयनित प्रवेशार्थियों की सूची नोटिस बोर्ड पर लगी तो नीलू अपना नाम देखकर बेहद खुश हुई। तभी उसने सूची में शालिनी का नाम भी देखना चाहा, किन्तु वह नाम नदारद था। वह बदहवास घर लौटी और पापा-मम्मी को कहने लगी कि शीलू के बिना मैं मेडिकल नहीं पढ़ूँगी। वह शीलू के घर गई तो देखा उसके मम्मी-पापा उदास बैठे हैं किन्तु शीलू ने तपाक से उसके चयन पर बधाई दी और गर्मजोशी से उसका स्वागत किया। नीलू के पिताजी के प्रश्नों का एक साथ उत्तर देते हुए शालिनी ने कहा – 'अंकल! मेरे सामने जीवन में पहली बार निर्णय का एक क्षण उपस्थित

हुआ कि मैं डॉक्टर बनूँ या मेरी वह सहेली बने जिसने मुझे डॉक्टर बनने के योग्य बनाया है। मैंने सही निर्णय करके अपना नाम वापस लेने की अर्जी दे दी। ऐसा न करती तो पाँचवा स्थान खाली न होता।' ऐसा कहकर वह चुप हो गई। सभी हैरान थे। नीलू ने तो उसे बाँहों में भर लिया। उसका कण्ठ अवरुद्ध था और सुबकते हुए मात्र इतना कह सकी, 'शीलू तेरी कुर्बानी बेमिसाल है। पर याद रख कि तुझे कुर्बान करके मेरी डॉक्टरी लहूलुहान रहेगी।' और सुबकने लगी। तभी शीलू ने कहा – 'बहन दुःखी न हो। मेरा नाम वेटरनेरी डॉक्टरों की लिस्ट में चला गया है। डॉक्टर मैं भी बन जाऊँगी।' शीलू के इस रहस्योद्‌घाटन से सभी को संतोष हुआ। शीलू के पापा ने कहा, 'तुम धन्य हो शीलू! तुमने निर्णय के हर क्षण की सही पहचान की है। मेरी मंगलकामना है कि तुम्हारे जीवन का हर क्षण सार्थक और मंगलमय हो।'

सन्तान का सुख

श्रीमती सन्तोषी बड़े गर्व से अपने चारों बेटों के गुणों का बखान करती थीं। वे बच्चों को स्कूल जाते हुए देखने के लिए घर के दरवाजे पर खड़ी तब तक टकटकी बाँधे देखती रहतीं जब तक गली के आखिरी मोड़ से सड़क की तरफ न मुड़ जाते। सुबह से शाम तक उनकी दिनचर्या चारों बेटों के कामों से ही जुड़ी हुई थी। पति की अनसुनी करके वह सुबह चार बजे उठकर बच्चों के लिए नाश्ता बनाने, टिफिन तैयार करने, बस्ता सजाने और ड्रेस आदि के जुगाड़ में लगी रहती थीं। दोपहर ढलते ही फिर चारों बच्चों के स्कूल से लौटने की प्रतीक्षा में टकटकी बाँधे नजरें घर के दरवाजे पर गड़ाये रहतीं। फिर शाम के खाने और होमवर्क कराने में जुट जाती थीं। जरा सी छींक आने पर भी डॉक्टर को बुलवा लेतीं या खुद उस बच्चे को लेकर डिस्पेंसरी पहुँच जातीं। दोपहर से पहले का समय बच्चों की ड्रेस, धोने, सुखाने में बीतता और देर रात तक उनके ड्रेसों को प्रेस करती रहती थीं। बच्चों के प्रति उनका लगाव इस कदर बढ़ गया कि उसे क्रेज की संज्ञा दी जाए तो अतिशयोक्ति न होगी। उनके पति अनेक बार व्यंग्य में कहते कि – 'ये बच्चे तेरी जान ले लेंगे। इन्होंने मेरा जीना भी हराम कर दिया है। छोटे थे तो इनकी रीझ-खीझ मन को भाती थी। लगता था कि घर के आँगन में वात्सल्य की सरिता बह रही है। हम दोनों कितने प्रसन्नचिन्त थे। सचमुच अब इनके झगड़े महाभारत का दृश्य उपस्थित कर देते हैं। इनकी फरमाइशों को पूरा करते-करते मैं इतना मरता-खपता हूँ कि असमय वृद्ध लगने लगा हूँ। एक तुम हो जो अपना सर्वस्व लुटाकर भी इतनी आतुर बनी रहती हो कि कुछ और क्या कहूँ। इन बच्चों के प्रति तुम्हारा प्यार मोह में बदला और अब उसने उन्माद का रूप ले लिया है। तुम्हें तो अब मेरी भी जरूरत नहीं है। मैं इस घर में इस कदर उपेक्षित अनुभव करता हूँ कि मानो मेरा कोई वजूद ही नहीं है।'

वे और भी कुछ कहते शायद, किन्तु मँझला बेटा माँ का हाथ पकड़कर बाहर ले गया और ठेले से आइसक्रीम लेने की जिद करने लगा। पास ही आँगन में छोटू और बंटू छीना-झपटी कर रहे थे। छुटकू तटस्थ भाव से उन्हें गुमसुम सा देख रहा

था। सन्तोषी के चले जाने पर उसके पति मन मसोस कर बैठे रहे। उन्होंने कुछ देर तक पत्नी के लौट आने की प्रतीक्षा की और अन्ततः बिना चाय पिये ही बाहर निकल गये। आज वे बेहद उदास थे। न जाने क्यों वे पार्क के सुनसान कोने की बेंच पर बैठ गये। निराशा की धुन्ध ने उनके मन को और सन्ध्या के अन्धकार ने वातावरण को गुमसुम बना दिया था। वे सोचते-सोचते धैर्य रूपी समुद्र की गहराई में डूबते गए। उन्हें पता ही नहीं चला कि कब किस जन्तु ने उनके पैर पर डंक मार दिया और वे यह सोचकर कि घर पहुँचकर डिटोल आदि लगा लेंगे, वहाँ से चल दिए। घर पहुँचते-पहुँचते उनकी हालत काफी खस्ता हो गई थी। वे कराहते हुए पलंग पर लेट गए और बच्चों के शोरगुल में उन्होंने पत्नी को पुकार कर डंक वाले स्थान पर कुछ लगाने को कहा। उधर छुटकू और मँझला दोनों रसोई में खाना खा रहे थे, रोटी के लिए माँ को पुकारने लगे। सन्तोषी पुनः रसोई की ओर यह कहकर चली गई कि बच्चों को खाना खिलाकर आती हूँ फिर लगा दूँगी। वह आधा घण्टा बाद लौटी तो उनके पति पलंग पर संज्ञा शून्य पड़े हुए थे। उन्हें देखकर चीख-पुकार करती हुई सन्तोषी बेसुध सी धड़ाम से गिर पड़ी। सब बच्चे भी आ गए और अड़ोस-पड़ोस के लोग भी एकत्र हो गए। तब तक सबसे बड़ा लड़का डॉक्टर को बुला लाया, जिसने नब्ज देखते ही उन्हें मृत घोषित कर दिया। उनका शरीर नीला पड़ गया था। सुबह तक अन्य सम्बन्धी भी आ गए। अन्ततः सब प्रकार के मृतक संस्कार भी पूर्ण हो गए। सभी के ध्यान में एक बात विशेष रूप से उभरी कि सबसे बड़ा लड़का निरन्तर गुमसुम रहा और अपनी माँ को आक्रोश की मुद्रा में घूर-घूर कर देखता रहा। जहाँ अन्य सभी के मन में सन्तोषी के प्रति करुणा और सहानुभूति का भाव था, वहाँ बड़के के मन में क्रोध और घृणा का आवेग था।

समय बीतता गया। माँ की देखरेख, साधना और पुरुषार्थ की छाया में बच्चे बड़े हो गए। यथा समय उनके शादी-विवाह हुए और सबका भरा-पूरा परिवार हो गया। संयोग से चारों अलग-अलग शहरों में नौकरी के कारण बस गए। सबसे बड़ा लेक्चरर होकर जयपुर में बस गया। दूसरे नम्बर का पुलिस अधिकारी होकर दिल्ली चला गया। तीसरे को बाबू बनकर ही सन्तोष करना पड़ा और वह बीकानेर में बस गया। चौथा रेलवे की सर्विस में चला गया। माँ वात्सल्य भावना से ओत-प्रोत होकर सभी बेटों के पास रहने चली जाती थी। पोते-पोतियों का सम्मोहन उसे अतिरिक्त लाभ था। सन्तोषी के पति चूंकि राजकीय सेवा में नहीं थे, अतः उनकी पेंशन का कोई लाभ नहीं मिला। जमा की गई पूँजी चारों बेटों की परवरिश, पढ़ाई-लिखाई और शादी-विवाह में खर्च हो गयी। वह कर्जदार भी हो गई। कर्ज चुकाने का दायित्व उन्होंने अपने बेटों को सौंपा, जिसे पहले दोनों बेटों ने ही अनमने मन से चुकता

किया। माँ को कर्जा चुकाने वाले दोनों बेटों के व्यंग्य बाण भी सहने पड़े। बड़े बेटे ने तो यहाँ तक कह दिया कि हमारी माँ कैसी अभागिन है जिसने बचपन में ही हमारे सिर से बाप का साया हटा दिया। परिश्रम और पुरुषार्थ के बल पर अपनी गृहस्थी बसायी तो उस पर कर्ज की काली घटा उमड़ आई। कर्जे की बदली छँटी भी नहीं थी कि इस अभागिन की बीमारी और तीमारदारी के खर्चे आ पड़े। मँझले बेटे ने कह दिया कि – 'चलो मान भी लें कि कर्जा हमारी पढ़ाई-लिखाई और शादी-ब्याह के लिए लिया गया पर क्या सब मुझ पर ही खर्च हुआ क्या? मेरी कमाई पर सबकी नजर शनि की दशा की तरह क्यों गड़ी रहती है?'

दूसरे और चौथे नम्बर के बेटे सदा ही तंगदस्ती में रहते थे। माँ की हिम्मत ही उनसे माँगने की नहीं होती थी। उन्हें तो चन्द दिनों के लिए माँ को रखना भी भारी पड़ता था। न चाहते हुए भी बेबसी में सन्तोषी को साल का तीन-चौथाई समय बड़े और मँझले बेटों के पास ही बिताना पड़ता था। उनके व्यंग्य बाणों ने उसका हृदय छलनी कर दिया था। उलाहनों और तानों से भरी रोटियाँ कंठ तले नहीं उतरती थीं। धीरे-धीरे तनावग्रस्त रहने से उसे कई बीमारियों ने घेर लिया। ब्लडप्रेशर के कारण उसकी दृष्टि मन्द होती गयी और एक दिन वह आया कि वह अन्धी हो गई। गठिया के प्रकोप से जोड़ों के दर्द ने उसे अपाहिज बना दिया। धन के अभाव की दीवार इतनी ऊँची हो गई कि वह अपने आप का इलाज कराने में भी असमर्थ थी। सब के ऊपर वृद्धावस्था का प्रकोप उसके जीवन रूपी आकाश में अन्तहीन घटा बन कर छा गया। अब संतोषी एक जीती-जागती लाश थी। जब उसके हाथ-पाँव चलते थे तभी उसे सन्तान का सुख नसीब नहीं था। अब तो वह छोटी-छोटी जरूरतों के लिए भी ऐसे तरस गयी जैसे अकाल वेला में लोग वर्षा के लिए तरस जाते हैं।

सन्तोषी अब बेटों के लिए माँ नहीं एक ऐसी जीती-जागती लाश थी जिसे ढोने के लिए चारों बेटों में से कोई तैयार नहीं था। लोक-लाज के भय से एक बेटे ने गरीब होते हुए भी धर्म की दुहाई देकर चारों बेटों से स्वीकार कराया कि सभी माँ को तीन-तीन महीने अपने पास रखेंगे।

तभी से सन्तोषी अपने चारों बेटों के पास तीन-तीन महीने के लिए रहने लगी। इस दौरान बड़े विचित्र और खट्टे-मीठे अनुभव उसे हुए। बड़े बेटे के यहाँ उन्हें भरपेट खाने के साथ मनचाहे ढंग से रहने तथा उठने-बैठने की छूट थी। सुबह-शाम उनसे बोलने-खेलने के लिए पोते-पोती भी आ जाते थे। चूंकि वे बड़ी बहू के बड़े भाग्य की प्रशंसा करती रहती थीं, इसलिए बड़े बेटे की बहू भी उनके प्रति बोलचाल में सद्भाव प्रदर्शन कर देती थी, किन्तु बड़ा बेटा न बोलता, न मिलता। वह सर्वथा उपेक्षा का भाव धारण किए रहता।

सन्तोषी के लिए बड़े बेटे की उपेक्षा का भाव सर्पदंश के समान कष्टकारक था। किसी तरह तीन महीने पूरे करके वे दूसरे बेटे के पास दिल्ली पहुँच गयीं। वहाँ के भीड़-भाड़ भरे जीवन में उन्हें घबराहट महसूस होती थी। उनकी पुत्रवधू नौकरी करती थी। बच्चे जब स्कूल चले जाते थे तो दिनभर उन्हें नौकरानी के भरोसे रहना पड़ता था। यों खाने-पीने और पहनने की सभी सुविधाओं के होते हुए भी अपनेपन का अभाव उनके लिए काँटे की चुभन की तरह कसक भरा था। महानगरीय जीवन की कृत्रिमता और औपचारिकता भरे माहौल में उनका जी घुटा जा रहा था। वे ढंग से बैठकर बहू-बेटे से बात करने और बच्चों की तुतलाती वाणी सुनने के लिए तरस गयी थीं। उन्होंने एक-एक दिन गिनकर तीन महीने पूरे किए।

तीसरे बेटे के पास पहुँचकर उन्होंने राहत की साँस ली। बीकानेर उनके लिए स्वर्गतुल्य था क्योंकि उन्होंने सारा जीवन यहीं बिताया था। इस घर में उतनी सुख-सुविधाएँ भी नहीं थीं और न ही खान-पान और रहन-सहन स्तर का था। एक सीधी-सादी बहू और उसकी गोद में डेढ़-दो वर्ष की उम्र का बच्चा था। बहू घर के काम करते हुए ज्यादातर बच्चे को दादी की गोद में दिये रहती थी। बेटा भी सुबह-शाम माँ के साथ बैठकर चाय पीता और सुख-दुःख की बातें करता। वह आहें भरकर कहता – 'माँ अपने-अपने भाग्य हैं। दोनों बड़े भाई दिल्ली और जयपुर में बड़े मजे में रहते हैं। दोनों की ऊपर की बँधी आमदनी है और सुख-सुविधा के सारे सामान भी। एक मैं हूँ जो बड़ी मुश्किल से गुजर-बसर कर पाता हूँ।' सन्तोषी ने डरते-डरते बेटे से कहा – 'बेटे! मेरा बोझ भी तुझे उठाना पड़ता है। साल में तीन महीने तो मैं भी तेरे खर्चे को और बढ़ा देती हूँ। क्या करूँ बेबस और लाचार हूँ।' मँझले ने बीच में टोकते हुए कहा – 'माँ ऐसा मत कह। तूने हम सबका बोझ नौ-नौ महीने तक अपनी कोख में रखा था। उस बोझ के सामने यह बोझ कुछ भी नहीं है। पिताजी के चले जाने पर माँ और बाप दोनों बनकर तुम्हीं ने हमें इस लायक बनाया। यहाँ तक कि हमारे लिए आपने पिताजी की भी अनदेखी कर दी। माँ! तुम्हें पता है कि बड़े भैया तुझे बिल्कुल नहीं चाहते क्योंकि उस दिन तुमने हमारे लिए पिताजी की अनदेखी कर दी थी और वे स्वर्गवासी हो गये।'

'बस-बस मँझले आगे अब एक शब्द भी मत बोलना...अब मेरी समझ में आया कि बड़का मुझसे बेरुखी का व्यवहार क्यों करता है। वह अपने पिता की मौत के लिए मुझे ही दोषी मानता है। पर सच कुछ और है। मैंने सन्तान के सुख के लिए तुम्हारे पिता की बहुत बार अनचाहे उपेक्षा की तभी तो विधाता ने दण्ड देकर मुझे विधवा बना दिया। मुझ-सी अभागिन तो शायद कोई भी न होगी जो ना तो सुहागिन रह सकी और न सन्तान का ही सच्चा सुख पाया। इससे तो अच्छा यह

होता कि मेरे एक ही बेटा होता इससे न मेरी ममता बँटती और न मैं उस पर बोझ बनती।'

यह कहते-कहते मँझले के लाख समझाने पर भी वे सुबकती रहीं। उन्हें यह सोच आजीवन सालता रहा कि काश! मैं इकलौते बेटे की माँ होती, क्योंकि एक बेटा ही सन्तान के सुख का सच्चा अहसास कराता है।

गुणवन्ती

कॉलेज में पिछले बारह वर्षों से दर्शनशास्त्र की व्याख्याता के रूप में अध्यापन करते हुए अनेक छात्राएँ सम्पर्क में आईं। लेकिन उन असंख्य छात्राओं में गुणवन्ती जैन मेरे लिए अविस्मरणीय बन गई। रूप-सौन्दर्य, बौद्धिक कुशाग्रता, प्रतिभा-सम्पन्नता और वाक्पटुता की दृष्टि से एक से बढ़कर एक छात्राएँ महाविद्यालय में आईं और गईं, किन्तु गुणवन्ती के चरित्र और व्यवहार की गरिमा ने मुझे असाधारण रूप में प्रभावित किया। उसके व्यक्तित्व की अमिट छाप आज भी मेरे मन-मस्तिष्क पर है। गुणवन्ती ने प्रथम वर्ष कला की छात्रा के रूप में महाविद्यालय में प्रवेश लिया था और अब तृतीय वर्ष की छात्रा है। उसके वैकल्पिक विषयों में दर्शनशास्त्र भी एक विषय है, इसलिए पिछले वर्षों से निरन्तर मैं उसकी प्राध्यापिका रही। विगत दो वर्षों से उसने दर्शनशास्त्र विषय में उच्चतम अंक प्राप्त करके एक मेधावी छात्रा के रूप में अपनी छवि उजागर की। पिछले सप्ताह भर से वह अनुपस्थित थी। कक्षा में प्रवेश करते ही मेरी दृष्टि बाएँ हाथ की प्रथम पंक्ति की कोने वाली सीट पर जाती, जो खाली थी। कभी भी अनुपस्थित न रहने वाली गुणवन्ती सप्ताह भर से अनुपस्थित क्यों है? मेरे मन में यह प्रश्न जिज्ञासा बनकर उभर रहा था। मैंने तभी उसकी सीट के पास बैठने वाली बालिका से पूछा – 'आशा! क्या तुम्हें पता है कि गुणवन्ती कॉलेज क्यों नहीं आ रही?' आशा ने तत्परता से उत्तर दिया – 'मैडम! आपको पता नहीं गुणवन्ती जैन धर्म में दीक्षा लेकर साध्वी हो गई है। परसों दीक्षा समारोह के अवसर पर एक विशाल जुलूस हमारे मोहल्ले से निकला था।' मैंने बीच में टोकते हुए कहा – 'क्या बात कर रही हो आशा? गुणवन्ती साध्वी हो गई, यकीन नहीं होता। इस क्लास की वह सबसे स्मार्ट लड़की थी। नई ड्रेस में आना, आधुनिक प्रसाधनों से सुसज्जित होकर हरेक को अपने भड़कीले हाव-भाव से आकृष्ट करना उसकी हॉबी थी। चंचल शोख स्वभाव वाली स्मार्ट युवा लड़की का साध्वी बन जाना अजूबा सा लगता है। मुझे जरा विस्तार से बताओ कि गुणवन्ती ने साध्वी बनने का निर्णय किसकी प्रेरणा से लिया? वह रागरंग और रागिनियों में डूबी हुई लड़की कैसे

यकायक वीतराग हो गई?' मैडम के प्रश्नों ने क्लास में एक कौतूहल का वातावरण उत्पन्न कर दिया। कक्षा की अन्य लड़कियाँ भी जिज्ञासु भाव से सब कुछ जानने के लिए आतुर दिखाई दीं।

आशा ने प्रश्नों की धुन्ध को तराशते हुए कहा – 'मैडम! आपको तो पता ही है कि गुणवन्ती और मैं साथ-साथ कॉलेज में आई थीं। पिछले तीन वर्षों से गुणवन्ती मेरी अन्तरंग सहेली थी। बहुत बार अवकाश के क्षणों में हम दोनों हँसी-ठिठोली करती हुई बहुत से बिन्दुओं पर बातचीत करती थीं। गुणवन्ती के स्वभाव की यह विशेषता थी कि वह आपके पीरियड में बताई गई बातों पर बहुत गम्भीर होकर चर्चा करती थी।' आशा को बीच में टोकते हुए मैंने कहा – 'अच्छा यह बताओ कि तुम्हारी बातचीत के अन्य विषय क्या होते थे और गुणवन्ती मात्र दर्शन के पीरियड में बताई गई बातों पर ही गम्भीर चर्चा क्यों करती थी? क्या उसे मेरा पढ़ाना अच्छा नहीं लगता था या पढ़ाया हुआ समझ में नहीं आता था जो तुमसे चर्चा करके समझती थी?'

मैडम के प्रश्नों में अब मात्र कौतूहल नहीं था, वे दर्शनशास्त्र की प्रबुद्ध प्राध्यापिका के रूप में नहीं अपितु एक दार्शनिक की मुद्रा में सवाल दर सवाल करती हुई गुणवन्ती की रहस्यमयी मानसिकता के मर्म को जानना चाहती थीं।

आशा ने मैडम को आश्वस्त करते हुए कहा – 'सच तो यह है मैडम कि गुणवन्ती सबसे अधिक आपके ही लेक्चर से प्रभावित होती थी। आपके व्याख्यान उसके मन-मस्तिष्क में ऐसी हलचल पैदा कर देते थे कि वह अपने आपको सँभाल नहीं पाती थी। उसने कभी भी किसी अन्य विषय की चर्चा मुझसे नहीं की। आपने जब यह पूछा कि हमारी बातचीत में हास्य-व्यंग्य के अतिरिक्त अन्य क्या विचार बिन्दु थे? तो इस सम्बन्ध में मैं निःसंकोच निवेदन करूँ कि गुणवन्ती फैशन तथा फिल्मों के बारे में जमकर बखान करती हुई खुलकर हँसती जाती थी। स्वादिष्ट व्यंजनों और कॉलेज की लड़कियों के पहनावे के बारे में भी बातें होती थीं। वह खेलकूद प्रतियोगिताओं, विशेष रूप से क्रिकेट की कमेंटरी सुनकर बड़े जोश-खरोश के साथ अपनी प्रतिक्रिया व्यक्त करती थी। कभी-कभी राजनीतिक भ्रष्टाचार और नारी शोषण भी चर्चा के विषय होते थे, किन्तु गुणवन्ती की तेजस्विता उस समय देखने लायक होती थी जब वह अत्यन्त गम्भीरता से कहती थी कि 'आशा सच-सच बता क्या संसार असार है? क्या फिलॉसफी की मैडम जीवन के लक्ष्य के बारे में लेक्चर देते हुए अन्तिम सत्य या मोक्ष पाने की जो बात करती है, वह उचित है? ब्रह्म का अस्तित्व है तो किस साधना से उसकी पहचान हो सकती है?' कभी-कभी तो सांसारिक भोगों की निस्सारता बताते हुए गुणवन्ती ऐसी लगती थी मानो वह

महान् संत-साध्वी हो। वह कहती कि संसार असार है तो हम इसमें क्यों रहते हैं? जीवन का अन्तिम लक्ष्य परम सत्य की खोज है तो हम मोह-माया के पीछे क्यों भटक रहे हैं? जीवन में साधना महान् है तो धन-दौलत एकत्र कर अन्य साधनों को लोग क्यों जुटाते हैं? हमारे जैन मुनियों के उपदेश और मैडम के लेक्चर इतने प्रेरक हैं कि जी करता है कि पढ़ाई-लिखाई छोड़कर मैं भी परम सत्य की खोज में स्वयं को लगा दूँ। गुणवन्ती के धारा प्रवाह व्याख्यान की गम्भीरता से मेरा मानस इतना बोझिल हो जाता था कि मैं उसे बीच में ही टोककर ठिठोली करती कि 'क्या तेरा सचमुच संन्यासिनी होने का इरादा है?' उस दिन टीवी देखते हुए कह रही थी कि 'शादी करूँगी तो आमिर खान जैसे स्मार्ट लड़के से। हाँ, शादी अपने पैरों पर खड़ी होने के बाद ही करूँगी। यूँ तो दहेज में मेरे पापाजी कार भी दे सकते हैं पर खुद की कमाई से लाल रंग की मारुति खरीदूँगी और शानदार बंगला भी बनवाऊँगी जिसके लॉन में ढेरों लाल गुलाब के पौधे होंगे।' मैंने बीच में टोकते हुए उससे कहा था, 'क्या तेरे वो सपने भंग हो गए हैं?' तो गुणवन्ती ने मुझे बीच में ही टोकते हुए कहा 'आशा! अब मैंने निराश होकर नहीं बल्कि सांसारिक भोगों से मोहभंग हो जाने के कारण अपनी मानसिकता बदल ली है। मुझे सचमुच लगने लगा है कि संसार असार है, अपरिग्रह ही सुख-शांति देने वाला है। संग्रह से तो अधिक संग्रह की कामना चित्त को अशान्त रखती है। अरिहन्त की साधना ही काम, क्रोध, मद, मोह, लोभ आदि शत्रुओं का दमन कर सकती है।' इतना सुनते-सुनते तो मैं सशंकित हो गई कि गुणवन्ती जो कह रही है, क्या वैसा ही कर दिखायेगी? मैंने उसके वीतराग चिन्तन की हँसी उड़ाते हुए कहा कि चल कैंटीन में कॉफी पियें। वहाँ खिलखिलाती और चहकती हुई स्मार्ट लड़कियों की अनुगूँज में तेरा वैराग्य काफूर हो जाएगा। मैं उसे जबरन कैंटीन भी ले गई किन्तु उसने ना कॉफी पी, ना किसी की तरफ देखा। बस मेरे सामने कुर्सी पर बैठी रही, अपने-आप में खोई मानो विराट रूप का आत्मदर्शन कर रही हो या किसी गहरे विचार सागर में गहरी पैठ कर जीवन मुक्ति रूपी मुक्ता को खोज रही हो। मैडम, उस दिन के बाद गुणवन्ती बड़ी खोई-खोई सी रहने लगी। वह मात्र आपकी ही क्लास में गम्भीरता से लेक्चर सुनती थी। अन्य विषयों की कक्षाओं में भी वह दर्शन की ही पाठ्यपुस्तक सिर नीचा किए पढ़ती रहती थी। एक दिन उसके ही आग्रह पर हम दोनों आपके घर छुट्टी के दिन पहुँचे थे। उसने कितनी जिद्दी बहस आपसे की थी। उसके सवाल अब भी मेरे कानों में गूँज रहे हैं – 'क्या संसार सचमुच असार है? क्या मोह-माया इतने प्रबल हैं कि व्यक्ति को सत्य की खोज के पथ पर नहीं बढ़ने देते? क्या अपरिग्रह ही शांति का साधन तथा संग्रह कष्टों का कारण है? क्या अनेकान्त

दृष्टि ही सही दृष्टि है जीवन के प्रपंचों से मुक्त होकर ही आत्मा का परमात्मा से मिलन होता है?' पता है आपने तो बड़ी सहजता से गुणवन्ती को यह कहकर शान्त कर दिया था कि तुम्हारी उम्र अभी इन सब बातों पर गहराई से सोचने की नहीं है। तुम्हारे हँसने और खाने-पीने तथा मौजमस्ती से रहने के दिन हैं। दर्शनशास्त्र की बातों को बस परीक्षा पास करने के लिए ही याद रखो। गुणवन्ती आपको मात्र इतना कहकर उठ आई थी कि 'मैडम सोचूँगी कि थर्ड ईयर की परीक्षा पास करूँ या जीवन की परीक्षा में उत्तीर्ण होऊँ।'

आशा के उक्त कथन से मैं आश्वस्त हो गई कि गत तीन वर्षों के दर्शनशास्त्र के अध्ययन ने उसके युवा मानस को किस कदर झकझोर कर वीतरागी बना दिया था। अब मैं स्वयं एक विचार द्वन्द्व के भँवर में फँस गई। इतने में घंटी बजी और पीरियड समाप्त होते ही मैं सीधे घर जाकर लेट गई। मैं अजीब सी बेचैनी महसूस कर रही थी। एक क्षण के लिए मैं अपराधबोध से ग्रस्त हो गई कि काश! मैंने इतनी गम्भीरता से अध्यापन न कराया होता तो वीतरागी होने की ललक गुणवन्ती में क्यों जागती? दूसरे ही क्षण मेरे मानस में यह विचार कौंधा कि मैं प्राध्यापिका होने के साथ-साथ एक समर्थ शिक्षिका और सन्मार्ग की प्रेरिका भी हूँ। इसी उधेड़-बुन में काफी समय बीत गया। अपराधबोध और महान् शिक्षिका होने का दम्भ परस्पर टकराते रहे। मैंने निर्णय किया कि गुणवन्ती से मिलने पर ही मेरा चित्त शान्त होगा। झट से पड़ोस की बालिका को भेजकर आशा को बुलवाया और उसके साथ गुणवन्ती के घर पहुँची। वहाँ देखा लोगों की अच्छी-खासी भीड़ थी। अधिकांश गुणवन्ती के माता-पिता को बधाई देते हुए उनकी बेटी के उच्चतम त्याग की सराहना कर रहे थे। गुणवन्ती के माता-पिता शान्त भाव से सबका सद्भाव विनम्रता से स्वीकार कर रहे थे। आशा ने गुणवन्ती के माता-पिता से मुझे मिलवाया और मेरा परिचय भी दिया। संक्षिप्त से वार्तालाप के बाद मैं आशा के साथ उस साधना केन्द्र पर पहुँच गई जहाँ अनेक साधिकाओं के साथ गुणवन्ती भी प्रशान्त भाव से एक कोने में बैठी थी। उसे देखकर एक बार तो मैं हतप्रभ सी खड़ी हो गई। मैंने देखा कि गुणवन्ती सौम्य साधना की प्रतिमूर्ति बनी निर्विकार भाव से ध्यान मुद्रा में बैठी है। वह श्वेत वस्त्रों से आवृत दृष्टि झुकाए किसी गहरे ध्यान में निमग्न थी। उस सुकेशिनी के सिर पर एक भी बाल नहीं था। मैं अकारण ही मन में कक्षा की स्मार्ट सुकेशिनी गुणवन्ती की इस सौम्य मूर्ति से तुलना कर रही थी कि गुणवन्ती ने धीरे से पलकें ऊँची कीं, सौम्य भाव से हाथ जोड़कर अभिवादन किया और बिना पूछे ही कहा – 'मैं आपकी आभारी हूँ। आपके प्रेरणा पूर्ण प्रवचन और अरिहन्त की अनन्त कृपा से मैं सही जीवन पथ की अनुगामिनी बन गई हूँ। अरिहन्त प्रभु

मुझे शक्ति दें। जय महावीर।' गुणवन्ती ने यह कहकर पुनः हाथ जोड़े और पूर्व की भाँति ध्यान मुद्रा में निमग्न हो गई।

मैं कुछ भी न कह सकी। पता नहीं किस शक्ति ने मुझे निर्वाक् और संवादविहीन बना दिया। मैं मन ही मन अभिवादन करती हुई आशा के साथ अपने घर लौट आई।

हादसा

कहावतों में पढ़ा था – 'सबै दिन होत न एक समान।' कभी हँसी, कभी विषाद, कभी प्रगति, कभी दुर्गति, कभी जय, कभी पराजय – जीवन का यही क्रम है। किन्तु एक ही दिन की सुबह और शाम में ऐसा कुछ घट जाता है कि व्यक्ति आजीवन आश्चर्यचकित रहता है। उनके जीवन में भी एक दिन ऐसा ही बीता था। उस दिन काल की गति भी रुक गई थी और प्रगति का द्वार भी खुल गया था। उन्होंने जीवन में जो पचपन बसन्त और पतझड़ देखे थे, वे सब उस ऐतिहासिक दिन की सुबह और शाम में एकमेक होकर सिमट गए थे; काल का विराट बोध एक क्षण में समा गया था। उस क्षण में उनकी दृष्टि धुँधली हो गयी थी; हाथ-पाँव फूल गये थे, चेतना कुण्ठित हो गयी थी और वे अवाक् और हताश प्लेटफार्म पर खड़े थे। उनके पास पहने हुए दो कपड़ों के अतिरिक्त कुछ भी नहीं था। अटैची, बैडिंग, बैग, पर्स तथा उसमें रखा हुआ प्रथम श्रेणी का टिकट ट्रेन में अनजान और बेपहचान उनके ही सामने चला गया था।

हुआ यूँ कि वे एक बड़ी कॉन्फ्रेन्स में सफलतापूर्वक भाग लेकर ट्रेन से जोधपुर आ रहे थे। प्रथम श्रेणी के कोच में उस दिन वे एकमात्र यात्री थे। किसी अन्य सहयात्री के अभाव में वे कॉन्फ्रेन्स की उपलब्धियों पर सोचते-सोचते सो गए। फतहसागर, पिछोला झील के मनोरम दृश्यों ने उन्हें इतना अभिभूत किया था कि सोते हुए स्वप्न में भी वे उमंग की तरंगों पर तैर रहे थे। सुबह जब नींद खुली तो ट्रेन लूनी स्टेशन पर खड़ी थी। उन्हीं की ट्रेन के सामने वाले प्लेटफार्म पर एक दूसरी ट्रेन खड़ी थी। दो ट्रेनों की सवारियों के कारण उस छोटे से स्टेशन पर बड़े स्टेशनों जैसी चहल-पहल थी। उन्होंने घड़ी देखी और अनुमान लगाया कि इस समय तक तो जोधपुर पहुँच जाना चाहिए था। प्लेटफार्म पर उतरे तो पता चला कि गाड़ी तीन घन्टे लेट है। उन्हें उसी दिन सायंकाल से पूर्व ही जोधपुर से अपने घर पहुँचना था; अतः विलम्ब के कारण तनिक से चिन्तित हुए। तभी वहाँ घूम रहे कंडक्टर ने कहा कि – 'आप सामने खड़ी गाड़ी में बैठ जायें तो एक घण्टे

में ही जोधपुर पहुँच जाएँगे, किन्तु शीघ्रता कीजिए गाड़ी रवाना होने वाली है।'

उन्होंने हड़बड़ी में अपनी बैडशीट समेटकर लटकाने वाले थैले में रख दी। दूसरे हाथ में अटैची लिये हुए सामने खड़ी ट्रेन की ओर लपके। तभी ट्रेन साँप की तरह रेंगते हुए चल पड़ी। ट्रेन के पास पहुँचते ही उन्होंने सामने के कोच में गेट पर खड़े व्यक्तियों को अपना सामान पकड़ा दिया और स्वयं पायदान पर पैर रखने ही वाले थे कि गाड़ी की रफ्तार तेज होने के कारण रुक गये। उसके बाद एक-दो डिब्बे और निकल गये। उन्होंने पूरी हिम्मत के साथ तीसरे कोच के पायदान पर कदम रखकर चढ़ने के लिए गेट पर लगा डंडा पकड़ लिया। गाड़ी की गति तेज होने के कारण उनका हाथ डंडे से फिसलकर नीचे झूल गया। उसी समय गेट पर खड़े एक व्यक्ति ने उन्हें जोर का धक्का दिया जिसके कारण वे प्लेटफार्म पर गिर गए। वे पुनः हिम्मत करके खड़े हो गये और पास से गुजरते हुए डिब्बों को बेबस दृष्टि से देख रहे थे। अब तक गाड़ी की रफ्तार इतनी तेज हो गयी थी कि किसी भी डिब्बे में चढ़ना असम्भव था। अन्तिम प्रयास के रूप में उन्होंने समीप से गुजरते हुए गार्ड को जोर से कहा कि – 'मेरा सामान आगे के डिब्बे में है। कृपया गाड़ी रुकवायें जिससे मैं चढ़ सकूँ।' लेकिन गाड़ी रुकी नहीं, चलती रही।

वे चिन्ता के सागर में डूबे जा रहे थे। क्या कोई टैक्सी करके अगले स्टेशन तक पहुँच जाऊँ? तभी ध्यान आया कि सामान के साथ ही पर्स भी है। फिर सोचा कि चप्पल, पायजामा और बनियान पहने व्यक्ति को देखकर कौन इतने पैसे देगा कि जोधपुर तक पहुँचा जा सके। इसी दौरे में वे यह भी सोचते रहे कि उनका सामान, पर्स और कागज न जाने किसके हाथ लगेंगे?

वैचारिक मनोद्वन्द्व और असमंजस के इन क्षणों में उनकी दृष्टि निरन्तर ट्रेन की ओर ही थी। मानो ट्रेन नहीं कोई डकैत उनसे उनका सब कुछ छीनकर भागा जा रहा है। दूसरे ही क्षण उनके मन में विचार भी कौंधा कि वे इतने सम्पन्न हैं किन्तु आज इस हादसे ने उन्हें कितना विपन्न बना दिया है। वे अपने घर, परिवार, समाज और नगर में कितने आदरणीय और विद्वान माने जाते हैं, उनकी एक बड़े राजपत्रित अधिकारी के रूप में कितनी बड़ी पहचान है, किन्तु आज इस प्लेटफार्म पर बेबसी के क्षण में उनकी कोई पहचान नहीं है। काल का विराट विस्तार उन्हें इस क्षण में इतना विवश, बौना और बेकार बना देगा? इनकी उन्होंने कभी कल्पना भी नहीं की थी। बेबसी एक बोध बनकर उनके मन-मस्तिष्क पर छा गई थी। पायदान से गिरने के कारण उनके अंग-प्रत्यंग में पीड़ा व्याप्त थी। तभी बिजली की तरह उनमें आस्था बोध जन्मा। वे माँ भगवती के अनन्य उपासक

थे। अतः उन्होंने उसे ही श्रद्धाभाव से स्मरण किया और मन ही मन कहा कि 'हे शक्तिमति! अपनी शक्ति का परिचय दे।' यह सब उन्होंने क्षणांश मात्र में आँखें मूँद कह दिया।

आँखें खोलते ही उन्हें दिखा कि उनकी दृष्टि से दूर जाती हुई ट्रेन रुकी खड़ी है। दूर से पायदान पर खड़े लोग और पुलिस कर्मचारी उन्हें संकेत से बुला रहे हैं। वे लगभग हाँफते हुए से भागे जा रहे थे। किसी प्रकार उस कोच तक पहुँच गये, जिसके द्वार पर उनका सामान रखा हुआ था। सहयात्रियों की सहायता से वे कोच में चढ़कर पहुँच गये। गाड़ी चल दी।

सहयात्री अनेक प्रकार के प्रश्न कर रहे थे...। एक ने कहा 'आपने गजब कर दिया... क्या कोई चलती गाड़ी में इस प्रकार चढ़ता है?' दूसरे ने कहा कि 'आपका भारी शरीर है...आपको ऐसा रिस्क नहीं लेना चाहिए।' तीसरे ने कहा 'सामान आपको जान से भी प्यारा है जो चलती गाड़ी में चढ़ने लगे... हम इस सामान को जोधपुर स्टेशन पर जमा करा ही देते।' आदि-आदि। वे सबकी बातें सुन रहे थे। उनकी साँस फूल रही थी। वे किसी को उत्तर नहीं दे पा रहे थे। संकेत से उन्होंने पानी मांग कर पिया और लगभग दस मिनट बाद व्यवस्थित होकर कहने लगे – 'आप सबने ठीक कहा है, किन्तु अनहोनी कहकर नहीं होती है। एक घटना हादसा तभी बनती है जब कुछ अनचाहा, अनकहा और बिन सोचा एकाएक हो जाता है। माँ भगवती की कृपा थी कि मैं पायदान से गिरकर भी बच गया और ट्रेन भी पकड़ ली।'

तभी उन्हें बीच में टोकते हुए एक उत्साही युवक ने कहा कि – 'साहब मैं अभी आपको देखकर ही उस कोच से आया हूँ जिसमें आप चलती ट्रेन में चढ़ रहे थे। मैंने ही आपको धक्का दिया था जिसके लिए क्षमा चाहता हूँ। अगर धक्का न देता तो आपके फिसलते पाँव पटरियों पर पहुँचकर कट जाते। मैंने तभी सोच लिया था कि धक्के के कारण आपको चोट तो लगेगी, किन्तु जीवन बच जाएगा। रही कृपा की बात, तो धन्यवाद उस आर.पी.एफ. जवान को जिसने जंजीर खींच कर ट्रेन रोक दी...' वह अपनी बात पूरी भी नहीं कर पाया कि आर.पी.एफ. का वह अनाम जवान 'नमस्ते' कहता हुआ सामने आ गया और बोला कि '... पता नहीं किस शक्ति ने मुझे झकझोर कर कहा कि चैन खींचो, गाड़ी रुकवाओ। एक बहुत बड़ा आदमी प्लेटफार्म पर रह गया है। साहब! पिछले दस-ग्यारह साल से सर्विस कर रहा हूँ, बहुत बार अनेक यात्री चढ़ने से रह गये, अनेक का सामान रह गया। मैंने कभी भी जंजीर खींच कर ट्रेन नहीं रोकी।' कहते-कहते उसने 'आप कौन हैं?', 'क्या करते हैं?', 'कहाँ से आ रहे हैं?' आदि प्रश्नों की बौछार कर दी। उन्होंने सभी की जिज्ञासाओं को शान्त करते हुए सहज भाव से किन्तु गंभीर मुद्रा में इतना ही कहा कि – 'मैं भी आपकी ही तरह एक सामान्य व्यक्ति

हूँ, यों नौकरी के हिसाब से एक उच्च अधिकारी हूँ।' और फिर उन्होंने विस्तार से उस हादसे को बयान करते हुए शक्तिमती भगवती की कृपा का अन्त में पुण्य स्मरण किया। उन्होंने पचास रुपये का नोट उस जवान को प्रसाद बाँटने के लिए दिया तथा उन सब के प्रति आभार व्यक्त किया।

जोधपुर पहुँच कर वे आधा घण्टे तक निस्तब्ध प्लेटफार्म पर बैठे रहे। ट्रेन खाली हो गई, सब चले गये। उन्हें बहुत देर बाद ध्यान आया कि अभी आगे और जाना है। वहाँ बैठे-बैठे वह हादसा उनके दिलो-दिमाग पर छाया रहा। अन्ततः भारी कदमों से वे स्टेशन से बाहर आये। ऑटो पकड़ा, बस स्टैण्ड पहुंचे और अपने घर को जाने वाली नॉन स्टॉप बस में बैठ गये। उस दिन गजब की गर्मी थी, किन्तु वे पाँच घण्टे तक बुत बने अपनी सीट पर बैठे रहे। पाँच घण्टों की बस यात्रा मानो उन्होंने पाँच सैकेण्ड में ही तय कर ली। घर पहुँचते ही परिवार के सभी सदस्यों ने उनका गर्मजोशी से स्वागत किया। उनके पुत्र ने कहा 'आज का दिन बड़ा शुभ है क्योंकि आज आपकी पदोन्नति सर्वोच्च पद पर हो गई है.। अभी एक घण्टा पूर्व ही राज्य सरकार से आदेश प्राप्त हुआ है जिसके अनुसार आप अपने कार्यालय के सबसे बड़े अधिकारी बन गये हैं।' उनके परिवार के अन्य सदस्य इस गौरव से अभिभूत थे कि उनके परिवार के मुखिया का मान-सम्मान तथा वेतन सभी कुछ बढ़ गया है।

वे अवाक् थे। अब वे अनिर्णय के मनोद्वन्द्व की दल-दल में फिर फंस गये थे। उनके लिए पदोन्नति का उल्लास निरर्थक था। लूनी के प्लेटफार्म वाला मनोद्वन्द्व उन्हें फिर झकझोर रहा था। परिवार के सदस्य उनकी इस मनोदशा से हतप्रभ थे। तभी उनकी पत्नी ने सौम्य भाव से पूछा – 'क्या बात है? पदोन्नति की खबर से आपको खुशी नहीं हुई?'

पत्नी के छोटे से सवाल का उन्होंने विस्तार से उत्तर दिया। उनके साथ जो हादसा घटित हुआ उसे भी पूरे ब्यौरे से सुना दिया। तत्पश्चात् पानी पीकर वे एकान्त में लेट गये और सोचते-सोचते सो गए; किन्तु स्वप्न में मनोद्वन्द्व फिर साकार हो गया। वे दार्शनिक बने काल के अनन्त विस्तार में तैर रहे थे, निराधार और निर्विकार। तभी शक्तिमती भगवती की मनोरम मूर्ति उनके मानस में साकार हुई जो वरदहस्त से उन पर आशीर्वाद की वर्षा कर रही थी। उनकी आँख खुली तो रात्रि का प्रथम प्रहर बीत चुका था। जब सब सो रहे थे तो वे जागकर उस शक्तिमती का श्रद्धा भाव से स्मरण कर रहे थे जिसने उनकी रक्षा की और हादसे के विषाद को पदोन्नति के हर्ष में बदल दिया। वे सोच रहे थे कि कितना विचित्र वह एक दिन था, जिसकी सुबह महाकाल बनकर उन्हें निगलने जा रही थी और उसी दिन सान्ध्य वेला ने उन्हें पदोन्नति का परम सुख समर्पित किया।

नीलम जो कंकर निकला

शीला को अपने जीवन की उपलब्धियों पर बहुत गर्व था। यह स्वाभाविक भी था क्योंकि उसकी हर उपलब्धि माँ भगवती की कृपा और उसके परिश्रम एवं पुरुषार्थ का परिणाम थी। उसने जो भी पाया या गँवाया, उसके लिए वह एक बार तो अपने पर नाज करती ही थी; किन्तु दूसरे ही क्षण मन-मसोस कर उदास भी हो जाती थी। चूंकि सभी कुछ उसने स्वयं अर्जित किया था इसलिए सब कुछ का श्रेय भी स्वयं को देती थी। इस स्वयंवृत्ति ने उसे कई बार लोगों की दृष्टि में उठाया और कई बार गिराया भी। खास बात यह थी कि इस उठने और गिरने का उस पर कोई स्थायी प्रभाव नहीं पड़ता था। वह हर काम में मन की मौज को महत्वपूर्ण मानती थी; किन्तु उसका परिवार, परिवार की परिस्थितियाँ तथा सामाजिक दबाव उसके लिए हमेशा द्वन्द्वों का चक्रव्यूह रचते रहते थे। मानसिक ऊहापोह के चक्रव्यूह में वह उलझती चली जाती थी। पूर्व जन्म के पुण्य कहो या भाग्य की प्रबलता कि पता नहीं कैसे वह अँधेरे में भी रास्ता खोज लेती थी और फिर आगे बढ़ जाती थी। लोग भौचक्के से हो जाते थे कि पतन के गर्त में गिरते-गिरते कैसे वह उन्नति के चरम शिखर पर चढ़ जाती थी।

इस बार इतना अजीबोगरीब और अविश्वसनीय सा घटित हो गया कि वह स्वयं को अँधेरी गुफा में धँसा हुआ सा महसूस कर रही थी। अपनी उपलब्धियों में उसे सबसे मूल्यवान अपना इकलौता बेटा लगता था, जिसके लालन-पालन, शिक्षा-दीक्षा और संस्कारित करने में उसने स्वयं को तिल-तिल करके खपा दिया था। उसकी सारी आशाओं का केन्द्र नीलमणि था, जिस पर उसने सुनहरी कल्पनाओं का महल खड़ा किया था। शीला का सारा सोच नीलू के इर्द-गिर्द ही घूमता था। वह सोचती रहती थी कि वह खूब खाए-पिए, अच्छे से अच्छा पहने, सर्वोत्तम शिक्षा प्राप्त करे तथा ऊँचे पद पर प्रतिष्ठित हो। फिर अप्सरा सी बहू लाये। वात्सल्य की सरिता में तैरने वाले बाल-गोपाल आँगन में खेलें। उसकी अंतिम साँस भी नीलू की गोद में ही निकले। वह मनौतियाँ माँगती कि नीलमणि का कभी बाल भी बाँका न हो।

नीलू के सारे दुःख उसकी झोली में आ जाएँ। नीलू इतना चिरंजीवी हो कि नीलू को उसकी उम्र भी लग जाए। इस प्रकार की मनोरम भावनाओं के सरोवर में डुबकी लगाती हुई शीला हर पल-छिन अनकहे आनन्द से सराबोर होती रहती थी।

शीला की साधना निरन्तर रंग लाती जा रही थी। उस पर देवी माँ की कृपा बरस रही थी। शीला ने अपनी चिर संचित अभिलाषा को पूर्ण करने के लिए नौकरी भी की। वह पति की सामान्य आय को असामान्य महत्वाकांक्षाओं की पूर्ति में पर्याप्त न मानने के कारण नौकरी भी की। वह कुशल गृहिणी, सफल पत्नी और समर्थ माँ तीनों एक साथ बन गई थी। उसे अपने परिवारजनों से इस सफलता के कारण प्रशंसा भी मिलती और बहुत बार वह ईर्ष्या का पात्र भी बनती थी। सारी कामनाओं का केन्द्र इकलौता बेटा उसे इतना प्रिय था कि उतने तो पति परमेश्वर भी नहीं थे। उसकी आशाओं के आकाश में नित नये तारा-कुसुम खिल रहे थे।

नीलमणि चन्द्रमा की कलाओं की तरह बढ़ रहा था। उसका व्यक्तित्व भी आकर्षक था। पढ़ाई-लिखाई में भी वह प्रवीण था। वह स्वभाव में विनम्र और व्यवहार में कुशल था तथा माता-पिता के प्रति समर्पणशील था। उसे देख-देख कर शीला यशोदा के कन्हैया को नीलू में साकार पाती थी। उसे हर रीझ-खीझ भाती थी।

देवी माँ की कृपा से शीला की मनोकामनाएँ एक-एक कर पूरी होने लगीं। नीलू ने एम.एससी. प्रथम श्रेणी में उत्तीर्ण की फिर वह राज्य सरकार के एक विभाग में उच्च अधिकारी होकर नियुक्त हो गया। सर्विस के कारण उसे माँ के आँचल की स्नेह छाया से दूर दूसरे नगर में जाना पड़ा। सरकारी नौकरी में वह एक सफल अधिकारी सिद्ध हुआ; उसके मातहत कर्मचारी और उच्च अधिकारी दोनों ही उसके व्यवहार एवं कार्य शैली की मुक्त कण्ठ से प्रशंसा करते थे। नीलू के प्रति ममत्व के कारण हर पखवाड़े शीला उसे सँभालने जाती थी। बीच-बीच में वह उसके पिताजी को भी जबरन भेजती थी। कई बार इस मुद्दे पर शीला और उसके पति में टकराव भी हो जाता। वे कहते – 'नीलू क्या बच्चा है? उसे अपने पाँव पर खड़ा होने दो। स्वावलम्बी बनने दो। हम से अलग रहकर ही उसके व्यक्तित्व एवं प्रतिभा का विकास होगा।' पति के इन कथनों का शीला पर कुछ भी असर नहीं होता बल्कि वह तुनक कर कहती – 'तुम माँ की ममता क्या जानो? परदेश में अकेला न जाने कैसे रहता है? अब या तो उसकी जल्दी से शादी करो या उसका ट्रांसफर यहाँ कराओ। कहीं ऐसा न हो कि भोला-भाला नीलू बहक जाए और हम हाथ मलते रह जाएँ।' ऐसे अवसरों पर नीलू के पिता यह कहकर संवाद समाप्त कर देते कि जो देवी माँ चाहेंगी वही होगा। हाँ, हम एक सुयोग्य बहू की तलाश में तेजी से जुट जाते हैं।

दोनों ने मिलकर कितनी ही सुन्दर एवं सुयोग्य लड़कियों के फोंटो और प्रस्ताव एकत्रित कर लिये। नीलू को सभी का विवरण भी फोन पर बतलाते थे। जब कभी वह छुट्टियों में आता तो शीला बड़े उत्साह से अपनी पसन्द की लड़कियों के फोटो उसे दिखलाती किन्तु नीलू सभी को नापसन्द करके एक ही बात कहता कि अभी जल्दी क्या है? उसकी ना सुनते-सुनते शीला को निराशा सी होने लगी। कभी-कभी उसे आशंका होती कि उसके बेटे ने अपनी कोई पसन्द तो तय नहीं कर ली है। इसी बीच नीलू का खास दोस्त एक पत्र और एक लड़की का फोटो लेकर शीला के पास आया और कहा कि इसी महीने की तेरह तारीख को वे दोनों नीलू को आशीर्वाद देने पहुँच जाएँ, क्योंकि उसी दिन उसकी कोर्ट मैरिज होनी है। शीला के लिए यह सब अप्रत्याशित था। वे सोच भी नहीं सकती थी कि मात्र तीन दिन का नोटिस देकर उनका बेटा उन्हें इस तरह बुलाएगा। उसने जब पूरा पत्र पढ़ा और लड़की का फोटो देखा तो एक बार स्तब्ध रह गयी। उसने पत्रवाहक दोस्त पर प्रश्नों की बौछार कर दी – 'अविनाश! क्या सब कुछ वाकई तय हो गया? मेरे अरमानों का क्या होगा? मैं इकलौते बेटे की शादी बड़ी धूमधाम से करना चाहती हूँ और वह कोर्ट मैरिज कर रहा है। पिछले पच्चीस वर्षों से जिनका खाया, पिया और लिया उन्हें क्या कहूँगी? रिश्तेदारों को क्या जवाब दूँगी? मात्र हमारे आशीर्वाद से क्या होगा। उसके नाना, मामा, चाचा, ताऊ और मौसेरी-ममेरी बहनों की शुभकामनाएँ उसे नहीं चाहिए तो ना सही। पर देवी माँ का आशीर्वाद तो उसे लेने आना ही होगा...।'

शीला और कुछ कहती कि अविनाश ने बीच में ही टोक दिया – 'ठहरिये आण्टीजी, मुझे शाम की गाड़ी से ही लौटना है। नीलू ने मुझसे ये सभी बातें कही थीं, जो अभी आपने कही हैं। चूंकि वह इनमें से एक का भी उत्तर देने की स्थिति में नहीं है, इसलिए मुझे भेजा है। शादी की शाम को ही वे दोनों श्रीनगर चले जाएँगे। टिकट भी बुक हो गये हैं। उसे ये भी पता है कि इस लड़की के लिए आप लोग कभी भी राजी नहीं होंगे। मेरे पूछने पर भी इसका कोई कारण नहीं बताया और कहा कि इसका कारण मैं और मम्मी जानते हैं।' यह कहकर अविनाश चला गया। किन्तु शीला के मन-मस्तिष्क में तूफान उठ खड़ा हुआ। वह स्वयं हतप्रभ थी। उसे पन्द्रह वर्ष पूर्व की स्मृतियों ने घेर लिया। स्मृतियाँ चलचित्र की तरह घूमने लगीं...। रश्मि का चित्र उनके हाथ में था। वे उसे क्रोध, पश्चात्ताप, घृणा और निराशा से देख रही थी। पन्द्रह वर्ष पूर्व यही रश्मि थी जो उनकी पाँचवीं कक्षा की सबसे मेधावी, सुन्दर, सुशील छात्रा थी। उस समय रश्मि के प्रति उनका आकर्षण इतना अधिक था कि मन में उसे बेटी या बहू के रूप में पाना चाहती थी। बेटी तो उसे बना ही लिया था और वह घर पर आने जाने लगी; किन्तु कभी न कभी बेटी परायी हो जाएगी क्यों

बेटी तो पराया धन होती है, इस भावना से दुःखी होकर उनके मन में कल्पना जागी 'काश! कभी यह मेरी बहू हो जाए।' रश्मि अक्सर घर आती रहती थी। जबरन शीला को भी वह अपने घर ले जाती थी। रश्मि के पिता शीला के आकर्षक व्यक्तित्व से प्रभावित होकर निरन्तर उससे घुलने-मिलने लगे; किन्तु उनकी दृष्टि शीला के प्रति बदलती गयी। एक दिन अपने ही घर के एकान्त में उन्होंने रोमांटिक मूड में शीला का हाथ पकड़ लिया। स्वाभिमानी शीला हाथ झटक कर ऐसी गयी कि फिर उसने उसकी शक्ल नहीं देखी। रश्मि के पिताजी ने शीला पर दोषारोपण करके बच्ची को उनके घर जाने से रोक दिया। बात इतनी बढ़ गयी कि आरोप-प्रत्यारोप ने दोनों परिवारों को एक-दूसरे का विरोधी बना दिया। रश्मि भी अपनी कक्षा में अपनी मैडम की बुराई करती हुई पिता की पक्षधर बन गयी। खाई बढ़ते-बढ़ते दुश्मनी में बदल गयी। चार-छः महीने तक खुसर-पुसर चलती रही। इसी दौरान एक बार नीलमणि इतना उत्तेजित हो गया था कि रश्मि और उसके पिता से लड़ने के लिए हॉकी लेकर चल पड़ा। बड़ी मुश्किल से नीलू के पिताजी ने उसे माँ के अपमान का बदला लेने के लिए जाने से रोका। तभी अचानक रश्मि के पिता का तबादला हो गया और वे लोग चले गये।

आज पन्द्रह वर्षों बाद नीलमणि ने उसी रश्मि के साथ विवाह के प्रस्ताव के रूप में जहर का यह घूँट भेजा है। शीला की आशाओं की बेल पर तुषारापात हो गया। वह मनोद्वन्द्व में झूल गयी। बेटे की शादी उसके लिए एक विडम्बना के रूप में सामने थी। वह निरन्तर सुबकती और सिसकती रही। कब दोपहर से शाम हो गई उसे पता ही नहीं चला। दफ्तर से लौटे पति सामने खड़े थे। उनके अनेक प्रश्नों के बीच शीला ने फोटो और पत्र उनके हाथ पर रख दिया। वे भी पत्र को पढ़कर माथे पर हाथ रखकर बैठ गये। उस क्षण का मौन मातम के साये ही तरह मँडरा गया। बड़ी हिम्मत करके उन्होंने शीला से पूछा 'तेरह तारीख को पहुँचना है क्या?'

यह सुनकर शीला फफक कर रो पड़ी और इतना ही कह सकी कि 'विधि का विधान बड़ा बेरहम होता है। मैं कतई नहीं जाऊँगी। क्या सोचा था? क्या हो गया? जिसे हमने नीलम रूपी मणि समझ अब तक सँजोया, वह तो काँच से भी बदतर कंकर निकला।' यह कहकर शीला धड़ाम से फर्श पर पसर गयी और बेहोशी ने उसे अपने आगोश में ले लिया।

अनमोल भेंट

उस दिन हावड़ा जंक्शन पर ग़ज़ब की भीड़ थी और ठंड भी इतनी थी कि लोगों की चर्चा का विषय बन गई थी। आमतौर से दिसम्बर के महीने में कलकत्ता गुलाबी ठंड की रंगीनी और बड़े दिन की छुट्टियाँ मनाते लोगों के जोश-खरोश में डूबा रहता है; किन्तु इस बार सर्दी के प्रकोप ने सब कुछ बेमजा कर दिया था। सेठ करोड़मल जी अपने भरे-पूरे परिवार के साथ दिसम्बर के आखिरी हफ्ते में बच्चों की छुट्टियाँ बिताने और उन्हें महानगर कलकत्ता का दिग्दर्शन कराने लाये थे। वे बहुत ही हड़बड़िया स्वभाव के व्यक्ति थे। इसी कारण मात्र तीन दिनों में ही उन्होंने विक्टोरिया मेमोरियल, बिड़ला-प्लेनेटेरियम, दक्षिणेश्वर, काली मन्दिर, वेलूरमठ, चिड़ियाघर, नेशनल लाइब्रेरी आदि के साथ-साथ सभी दर्शनीय स्थलों पर परिवार के सदस्यों को ले गए और पाँचवें दिन ही सपरिवार अपने घर लौट रहे थे। स्टेशन के उस भीड़-भाड़ भरे माहौल में वे अपनी पत्नी और पाँचों बच्चों के साथ गाड़ी रवाना होने से मात्र पन्द्रह मिनट पहले पहुँचे थे।

दिल्ली-कालका मेल ट्रेन बहुत लम्बी होने के कारण अजगर की भाँति प्लेटफार्म के एक कोने से दूसरे कोने तक पसरी हुई थी। सेठजी के न केवल बच्चों की संख्या अधिक थी बल्कि उनके सामान के भी छोटे-बड़े दस-बारह नग थे, जिनमें से पाँच बड़े नग सिर पर रखे और कन्धों पर लटकाये एक अधेड़ उम्र का कुली हँफता हुआ सा चल रहा था और छोटे नगों को तीन बच्चे और दो स्वयं सेठ-सेठानी हाथों में लिये तथा अन्य दो छोटे बच्चों का हाथ थामे तेजी से कुली के पीछे भागते हुए जा रहे थे।

कुली अन्ततः इंजन से तीसरे डिब्बे के सामने रुक गया। तभी सेठजी के परिवार के सदस्य आकर तेजी से उस डिब्बे में घुसने लगे। उस डिब्बे में भी बेतहाशा भीड़ थी। सेठजी तेजी से कुली से सामान लेकर अन्दर रख रहे थे। उन्होंने जैसे-तैसे सामान अन्दर ठूँसा और इंजन ने उधर रवानगी की सीटी दी। कुली ने सेठजी से दस का नोट मांगा। सेठजी ने उसे झिड़ककर कहा – पहले सब सामान सँभाल लेने दो,

और सेठानी को कहा कि वह बच्चों तथा उनके हाथ में थमे हुए नगों को सँभाले। कुली अपनी मजदूरी के लिए जल्दी मचा रहा था। इतने में ट्रेन नागिन की तरह धीरे-धीरे रेंगती हुई सी चल दी। सेठजी कम्पार्टमेंट की भीड़ में अन्दर की तरफ इस तरह फँस गये थे कि उनके लिए मुड़कर कुली की तरफ देखना भी असंभव हो रहा था। उन्होंने बच्चों की सँभाल भी ढंग से नहीं की। उन्होंने सामान के नगों की गिनती की तथा ब्रह्मलीन योगी की तरह तल्लीन हो गए। इस हड़बड़ी में उन्होंने सामान के नगों की तरह परिवार के सदस्य रूपी नगों की गिनती नहीं की। जब गाड़ी प्लेटफार्म से आगे बढ़ गई तो उन्होंने अपनी पत्नी से कहा कि – 'कुली तुमसे कितने रुपये ले गया।' वह बोली – 'मैंने तो कुछ भी नहीं दिया, ना ही उसने कुछ माँगा। क्या तुमने उस बेचारे की मजदूरी भी नहीं दी।' सेठजी आक्रोश की मुद्रा में चिल्लाये – 'चुप! क्या तुमने मुझे बेईमान समझ रखा है। वह दस का नोट माँग रहा था; जबकि नगद पाँच ही थे। पहले से कुछ तय नहीं हुआ था। मैं उसे पाँच का नोट अवश्य ही देता, पर पहले पाँचों नगों को सँभालते हुए मैं इतनी भीड़ में फँस गया था कि उलटकर दरवाजे की तरफ जाना भी सम्भव न हुआ। अचम्भे की बात यह है कि कुली ने भी फिर आवाज नहीं लगाई। जरूर हमारा कोई छोटा नग पार कर लिया होगा। तुम दूसरे नगों की गिनती करो।'

सेठानी ने हताश मुद्रा में कहा – 'नग तो गिनती हूँ पर मेरा दिल धड़क रहा है। कुली को मेहनताना न देकर हमने अच्छा नहीं किया। मैं तो घर पहुँचते ही पाँच रुपये कुली के नाम से मन्दिर में चढ़ा आऊँगी।'

सामान के नगों को गिनने के बाद परिवार के नगों की गिनती करती हुई वह जोर से चिल्लाई – 'अरे! मुन्ना कहाँ है? ग़ज़ब हो गया। मुन्ना तो है ही नहीं।' जोर-जोर से चीखकर नाम पुकारने पर भी मुन्ना का अता-पता नहीं चला। वह चिल्लाई – 'सँभालते रहो इन बेजान नगों को। मेरी जान तो मुन्ना में पड़ी है उसका क्या होगा?' सेठजी सकपका गये थे, वे आशंका और भय से क्षुब्ध होकर बोले – 'हे भगवान! भगवान के लिए चुप करो। मैं सामान के नगों को सँभाल रहा था, तो तुम अपनी औलाद के नगों को तो सँभालतीं। जरूर वह बेईमान कुली मुन्ना को उठाकर भाग गया होगा। अब मेरी समझ में आया कि तीसरी बार अपनी मजदूरी क्यों नहीं माँगी? अब तो किसी बड़े स्टेशन पर पहुँचकर ही पुलिस में रिपोर्ट दर्ज करवायेंगे। भगवान मुन्ना की रक्षा करें और वह हमें मिल गया तो इक्यावन रुपये का प्रसाद चढ़ायेंगे।'

यह सुनकर कुछ सहयात्रियों ने ठहाका लगाया। कुछ सहयात्री सहमे से सेठजी के चेहरे को देख रहे थे जो हथेली पर माथा रखे न जाने किस सोच में डूबे हुए थे।

उधर गाड़ी तेज रफ्तार से अँधेरे को चीरती हुई ऐसे दौड़ रही थी मानो कोई क्रुद्ध सेना आक्रमण करने जा रही हो।

बीच में कुछ स्टेशनों पर गाड़ी रुकी, पर चंद मिनटों का स्टोपेज होने के कारण सेठजी की उतरने की हिम्मत नहीं हुई। दोनों पति-पत्नी शोक के सागर में निमग्न थे और उनके चारों बच्चे जहाँ-तहाँ निद्रा में मग्न थे।

सवेरा हो गया था। गाड़ी थमी खड़ी थी। सूरज का प्रकाश फैल गया था। स्टेशन पर चहल-पहल थी। हड़बड़ाकर सेठजी उठे और पूछने पर ज्ञात हुआ कि मुगलसराय जंक्शन है। गाड़ी यहाँ पैंतीस मिनट तक रुकी रहेगी। वे जल्दी से नीचे उतरे और यह देखकर अचम्भे में डूब गये कि हावड़ा जंक्शन वाला कुली मुन्ना को गोद में लिये हुए उनके ही डिब्बे की तरफ आ रहा था। लगभग चीखते हुए उन्होंने अपनी पत्नी और बच्चों को पुकारा – 'मुन्ना आ रहा है।' वे जोर से कुली की तरफ लपके, तब तक कुली उनके समीप पहुँच गया था। सेठजी ने तपाक से मुन्ना को अपनी गोद में ले लिया और जल्दी से कम्पार्टमेंट में घुस गये। इस दृश्य को उनकी पत्नी भी देख रही थी। उसने बड़ी आत्मीयता से बाहर अवाक् से खड़े कुली को बुलाया – 'भैया! अन्दर आओ।' बहुत से यात्री डिब्बे से उतरकर ब्रेकफास्ट की तलाश में नीचे उतर गये थे। डिब्बा काफी खाली था। कुली अन्दर आया और सेठानीजी का इशारा पाकर सामने वाली सीट पर बैठ गया। मुन्ना इस समय तक सेठजी की गोद से उतरकर अपने भाई-बहनों को जगा रहा था। सेठानीजी के पूछने पर ब्यौरे से कुली ने बताया –

'रात जब आपका सामान रखकर मजदूरी के पैसे माँगने पर न मिलने तथा गाड़ी के रवाना हो जाने पर मैंने पीछे मुड़कर देखा तो खिलौने वाले ठेले पर मुन्ना को खड़ा पाया। मुझे लगा कि मुन्ना खिलौने के आकर्षण के कारण डिब्बे में चढ़ा ही नहीं। मैं उसे देखते ही उसकी तरफ लपका और गोद में उठाकर सामने से सरकती हुई ट्रेन के जिस डिब्बे में घुस सका, वह अन्तिम से तीसरा डिब्बा था। रात को मैं दो स्टेशनों पर उतरा भी ताकि आपको सूचित कर दूँ किन्तु आपके डिब्बे से बहुत दूरी के कारण पहुँचने में असमर्थ रहा। मुन्ना को मैंने एक दूसरे यात्री के पास सुला दिया था, क्योंकि मेरे पास कोई बिस्तर नहीं था। मैंने सारी रात जागते हुए मुन्ना के पास बैठकर ही काटी। कभी मुन्ना का, कभी आपका ख्याल दिमाग में घूमता रहा। चलिए भगवान अच्छा ही करता है कि आपका बेटा आपको मिल गया। सेठानीजी एक बात अवश्य कहूँगा कि आप अपने बच्चों को सामान के नगों से कम न माना करें। अच्छा मैं चलता हूँ... कहकर वह उठ खड़ा हुआ।

तभी सेठानीजी ने कहा 'भैया ठहरो। तुमने हमारे पर बहुत बड़ा उपकार किया

है। इसका फल तो तुम्हें ईश्वर देगा। कुछ नाश्ता कर लो।' यह कहकर सेठानीजी एक डिब्बा खोलने लगीं तभी सेठजी ने बीच में कूदकर पचास रुपये का एक नोट कुली के हाथ में थमाते हुए कहा – 'यह लो पचास रुपये। इसमें पाँच तो तुम्हारी मजदूरी के हैं और बाकी हमारी भेंट समझ कर रख लो।'

सेठजी के इस व्यवहार से कुली इतना आहत हुआ कि उसका चेहरा तमतमा गया था। वह भर्राये हुए गले से बोला – 'बस! सेठजी बस! इतनी बड़ी भेंट लेकर मैं कहाँ रखूँगा। मैंने तो रात अपनी मजदूरी भी छोड़ दी थी, पर बच्चे को देखते ही मुझे कुली के धरम-करम ने मज़बूर कर दिया था। कुली का धरम-करम यात्री के सामान को सही-सलामत पहुँचाना होता है। मैंने उस करम को सामान डिब्बे में पहुँचाकर पूरा कर दिया था; किन्तु मुन्ना को देखकर मुझे अपना धरम भी याद आ गया। सेठजी मैंने मुन्ना को आपके पास पहुँचाकर अपना धरम निभाया है। आप भी धन्य हैं जो धरम को पैसे से तोलकर उसका भुगतान भी तुरत-फुरत कर रहे हैं। पर आपकी नाप-तोल बड़ी गड़बड़ है। यह तो समझ में आता है कि आप अपने सामान के अदद और नगों को अपनी औलाद से ज्यादा कीमती मानते हैं; रात भी स्टेशन पर मुझसे पाँच अदद लेकर गिनकर सँभालकर रख लिये थे, किन्तु अपने सन्तान रूपी अदद न गिने न सँभाले। आप हिसाब-किताब में या तो कच्चे हैं या इतने माहिर हैं कि लेना-लेना ही जानते हैं; देना नहीं। आपका नाम सेठ किरोड़ीमल नहीं कौड़ीमल होना चाहिए था। अब आपको आपकी देनदारी का हिसाब-किताब भी समझा ही देता हूँ। देखिये! कल रात की मजदूरी के पाँच या दस चाहे कुछ भी मान लो। रात को आपके बच्चे के साथ यात्रा करते समय मेरे लाख कहने पर भी टी.टी. नहीं माना। उसका आधा टिकट मुझे लेना ही पड़ा। मैं तो स्वयं को कुली कहकर बच गया। यह रहा वो टिकट जिसके मुझे पैंतालीस रुपये देने पड़े। आज रात की गाड़ी से चलकर कल सुबह मैं हावड़ा जंक्शन पहुँचूँगा। आज सारे दिन की मजदूरी के सौ या सवा सौ रुपये जो भी कमाता वह भी गये। और एक बात तो आपको मैंने बताई नहीं। रात को धनबाद स्टेशन पर पुलिस वालों ने मुझे बच्चे भगाने वाला मानकर गिरफ्तार ही करना चाहा, किन्तु कुली का टोकन दिखाने और ये बताने पर कि इसके माँ-बाप इंजन से तीसरे डिब्बे में बैठे हैं, उन्होंने मुझे छोड़ा। अगर इस सब परेशानी, परोपकार और आर्थिक हानि का भुगतान पचास रुपये है तो ये आप ही रख लीजिए। मैं चलता हूँ... अच्छा राम-राम।' यह कहकर कुली मुड़ ही रहा था कि सेठानी ने जोर की आवाज दी, 'अरे भैया सुनो!' कुली मुड़ा तो उसने देखा कि मुन्ने की माँ खिड़की पर हाथ जोड़कर कह रही थी – 'भैया! मैं दिल से तुम्हारा परोपकार मानती हूँ। आज तुम न होते तो मेरा मुन्ना सदा के लिए बिछुड़ गया होता।

तुम कुली नहीं मेरे लिए देवदूत हो। यह लो पाँच सौ रुपये। मेरे पास इतने ही हैं। कभी दिल्ली आना हो तो घर पर जरूर आना। मैं तुम्हें अपने बड़े लड़के राजू से पता लिखवा कर देती हूँ।' इतना कहते हुए सेठानीजी की आँखों में आँसू छलछला आये।

उस अश्रुधार ने सेठजी के क्रूर व्यवहार को भी धो दिया। कुली भी आँसू की धार को देखकर द्रवीभूत हो गया। उसने बड़े आत्मीय भाव से कहा – 'जब तुम मुझे कई बार भैया कहकर सम्बोधन कर चुकी हो तो मैं तुम्हें बहन कह ही सकता हूँ। इस अनजाने रिश्ते के तहत अब मैं एक पैसा भी नहीं लूँगा, क्योंकि कल रात से अब तक मैंने जो कुछ भी किया वह सब अदने से भाई की अनजानी बहन को भेंट मानकर स्वीकार कर लो।' सेठानीजी ने कहा 'भेंट नहीं, अनमोल भेंट कहो भैया।'

डिब्बे के सहयात्री इस सारे वार्तालाप को अत्यन्त गूढ़ संवाद की भाँति मुग्ध भाव से सुन रहे थे और सेठजी किंकर्त्तव्यविमूढ़ कुली को देख रहे थे। तभी वह कुली जल्दी से उठा। मुन्ना को एक बार अपनी गोद में लेकर प्यार किया और सेठानी की गोद में किसी अनमोल उपहार को सँभालकर दे दिया फिर झटके से नीचे उतरा और भीड़ में लुप्त हो गया। सेठ-सेठानी उसे अवाक् सा देखते रहे। सेठानी ने इतना ही कहा – 'मुन्ना तो सचमुच कुली भैया की अनमोल भेंट है।'

छलिया जी

माता-पिता एवं परिवार के लोगों ने सोचकर ही उनका नाम छैलबिहारी रखा था। यह नाम भगवान श्रीकृष्ण के लिए भी धर्मग्रन्थों में प्रयुक्त हुआ है। जब नामकरण हुआ था तो बालक में रसिक शिरोमणि श्रीकृष्ण की कोई भी कल्पना शायद ही किसी ने की थी किन्तु अचम्भे की बात यह है कि छैलबिहारी ज्यों-ज्यों बड़े हुए उनमें रसिकता के तत्त्व भी बढ़ते गये। युवा अवस्था तक पहुँचते-पहुँचते उन्होंने अपनी हरकतों से स्वयं को रसिया ही सिद्ध कर दिया। संयोग से वे प्राध्यापक हो गये और शिष्यों के साथ-साथ शिष्याओं को भी अपनी कक्षा में चटखारे ले लेकर फिल्मी रसिकता से जुड़े प्रकरण सुनाया करते थे। शुरू-शुरू में उन्हें सस्ती लोकप्रियता भी मिली। वे स्टाफ रूम में बैठकर अपने व्याख्यान के चमत्कारी प्रभाव की कहानियाँ भी गढ़कर अपने साथी प्राध्यापकों को सुनाते। उनमें से कुछ तो उनकी वाह-वाह करते और कुछ मुँह पर ही टीका-टिप्पणी भी कर देते। टीका-टिप्पणी कर्त्ताओं को वे अपना विरोधी मानने लगे। विरोधियों की संख्या वैसे बहुत ही कम थी। वाह-वाह करने वाले चाटुकार किस्म के लोगों ने उन्हें इतना चढ़ा दिया कि वे अपने फिल्मी ज्ञान को इल्म की आखिरी मंजिल मानकर, उसका बखान करने में गर्व और गौरव का अनुभव करने लगे। आलम यह हुआ कि उन्होंने श्रृंगार व हास्य की कविताएँ लिखनी शुरू कर दीं। और कभी-कभी फूहड़ किस्म के चुटकुलों को व्यंग्य की संज्ञा देकर भी सुनाने लगे। न जाने किसके कहने पर अपना उपनाम 'छलिया' रख लिया। अपनी कविताओं और व्यंग्य रचनाओं को छैलबिहारी के बजाय छलिया के नाम से ही लिखने लगे। धीरे-धीरे उनका उपनाम इतना प्रचलित हो गया कि क्या छात्र-छात्राएँ और क्या साथी प्राध्यापकगण, यहाँ तक कि परिवार के लोग भी उन्हें छलियाजी कहकर सम्बोधित करने लगे। छलियाजी भी इस संबोधन से इतने गद्‌गद् और प्रसन्न होते थे कि सम्बोधनकर्त्ताओं को अनेक बार कॉलेज कैंटीन में चाय-नाश्ता करा देते। छलियाजी के हाव-भाव और व्यक्तित्व-व्यवहार में भी एक आपातिक परिवर्तन लक्षित होने लगा। वे अब बन सँवरकर आने लगे। उनकी आँखों

में एक अजीब-सी चमक और हँसी में रहस्यमय मस्ती के आकर्षण का आविर्भाव हो गया। अब छलियाजी किसी छैला से कम नहीं थे। उनकी बातचीत, अंग संचालन, हँसी और व्यवहार शैली में सर्वत्र एक रहस्यमयी मस्ती व्याप्त हो गई थी और वे स्वयं को रसिक शिरोमणि मानने लगे।

यहाँ तक तो सभी ठीक था। रसमय होकर कविता के रस को छात्र-छात्राओं के सामने उँड़ेलते थे किन्तु दुर्घटना तब हुई जब एक छात्रा ने उनके खिलाफ विभागाध्यक्ष को शिकायत की कि 'वे पुत्री समान छात्राओं से घटिया दरजे की हरकतें करते हैं।' एक अन्य छात्रा ने तो उन्हें चांटा भी रसीद कर दिया और उनकी पत्नी के सामने उनकी घटिया रसिकता का रहस्योद्घाटन भी कर दिया। स्वभावतः पत्नी से कलह हुआ और कक्षा में छात्राओं की फुसफुसाहट तथा हिकारत भरी नजरों ने छलियाजी को व्यंग्य बाणों से छलनी कर दिया।

विधि का विधान भी बड़ा विचित्र होता है। छलियाजी गुमसुम रहने लगे। उनकी उन्मुक्त हँसी गायब हो गई। उनकी रसिकता के चाँद को बदनामी का ग्रहण लग गया। एक विचित्र प्रतिक्रिया यह भी हुई कि उन्होंने कविता पढ़ाना ही छोड़ दिया और विभागाध्यक्ष से अनुरोध करके शुष्क और जटिल सैद्धान्तिक विषय पढ़ाने लगे। उनकी गम्भीरता को देखकर छात्र-छात्राएँ ही नहीं अपितु साथी प्राध्यापक भी डरने लगे। अब हर कोई उनसे सशंकित भाव से वार्तालाप करता। मनोविज्ञान की भाषा में कहें तो छलियाजी कुंठाओं के घेरे में घिरकर अन्तर्मुखी हो गये। उनको सभी शत्रु दिखाई देने लगे। चिड़चिड़ापन उनके स्वभाव का अंग बन गया। परनिन्दा और परपीड़न के कुचक्र की दल-दल में वे इतना धँस गये कि लोगों के विरोध में गुमनाम पत्र भी लिखने लगे।

छलियाजी ने छल को अपना धर्म और गुमनाम पत्र लेखन को अपना कर्म मान लिया।

वे ऐसी हीनभावना से ग्रसित हुए कि अपने विरोधियों के साथ-साथ हितैषियों के विरूद्ध भी गुमनाम पत्र बड़े अधिकारियों को भेजने लगे। इसी क्रम में उन्होंने बड़े योजनाबद्ध तरीके से तीन-चार पत्र अपने संस्था अध्यक्ष के विरुद्ध भी भिजवा दिये। मुख्यमंत्री, शिक्षा मंत्री, शिक्षा सचिव एवं डायरेक्टर सभी को गुमनाम पत्र लिखे। उन पत्रों में लिखा कि संस्था अध्यक्ष भ्रष्टाचारी है। वह पैसे खाकर टेंडर पास करता हैं रिश्वत लिये बिना कोई बिल पास नहीं होने देता, झूठे टी.ए. बिल बनाता है। मोटी रकम लेकर पेपर आउट करता है तथा ऐसे ही अनेक कारनामों से उसने सरस्वती के पावन प्रांगण को गन्दा कर दिया है। ऐसे भ्रष्टाचारी संस्था अध्यक्ष की सरकार जाँच करवा कर या तो नौकरी से निकाल दे अथवा कहीं दूर ट्रांसफर कर दे।

छलियाजी ने एक पत्र स्वयं के लेख में भी लिखकर गम्भीर आरोप लगाये। इस पत्र के अन्त में स्वयं को एक ऐसा दुःखी पिता कहा जिसकी पुत्री के साथ संस्था अध्यक्ष ने बुरा व्यवहार किया। यहाँ यह उल्लेखनीय है कि छलियाजी के कोई पुत्री थी ही नहीं तभी तो वे किसी की भी पुत्री को पिता का दुलार न देकर छैला की सी अशोभनीय हरकतें किया करते थे।

अजीबोगरीब बात यह हुई कि छलियाजी के छल भरे गुमनाम पत्रों के आधार पर एक कर्मठ, ईमानदार और संवेदनशील संस्था अध्यक्ष का दूरस्थ स्थानान्तरण हो गया। इस पर छलियाजी की खुशी बेइन्तहा थी। संस्था अध्यक्ष विशालजी दुःख के सागर में डूब गये थे। परिवार से दूर एक अव्यवस्थित माहौल में विशालजी निरन्तर घुटते रहते थे।

वे उच्च अधिकारियों एवं मंत्रियों से मिले, पर स्थानान्तरण निरस्त न करा सके। अन्ततः उन्होंने निराश और हताश होकर अपने इष्टदेव की शरण ली। वे बजरंगबली के अनन्य साधक थे। वे रात्रि के घोर अन्धकार में बजरंगबली के समक्ष बैठकर एकाग्र चित्त से जप करते। अन्त में इस याचना के साथ उठते कि, 'हे बजरंगबली उस गुमनाम दुःखी पिता को सचमुच दुःखी पिता बना दो।' उनकी इस साधना का क्रम चलता रहा।

अचानक छलियाजी के हरे-भरे संसार में धुंध छाने लगी। उनकी पत्नी बीमार हो गई। किसी दवा-दुआ का असर नहीं हो रहा था। वह लम्बे अरसे तक अस्पताल में भर्ती रही और अन्ततः एक इन्जेक्शन के इन्फेक्शन से उसका देहान्त हो गया। छलियाजी पर दुःख का पहाड़ टूट पड़ा। वे एकाकी और निरीह हो गये। वे दिन-रात आँसू बहाते और पछताते। उन्हें विचित्र आत्मबोध हुआ। छलियाजी रविवार के दिन विशालजी के घर गये और नीची गर्दन करके गुमनाम पत्र लेखन रूपी कुकृत्य का लिखित पत्र दिया। विशालजी ने सहृदयता से उन्हें न केवल क्षमा किया अपितु यह भी सहज सौम्य भाव से कहा कि, 'दुःखी पिता तो आप बन चुके। आपने ही गुमनाम पत्र में स्वयं को ऐसा सम्बोधन दिया था। अब मैं मंगलकामना करता हूँ कि आप सुखी पिता हों। यह तब संभव होगा जब आप गृहलक्ष्मी स्वरूपा पत्नी के स्थान पर कुल-लक्ष्मी पुत्रवधू ले आएँ। अतः यथाशीघ्र पुत्र का सम्बन्ध तय करें।'

छलियाजी ने विशालजी की नेक सलाह पर अमल किया और वे सचमुच सुखी पिता हो गये। उन्होंने प्रतिज्ञा की कि भविष्य में छलिया नाम से कुछ लिखेंगे और न किसी को ऐसा सम्बोधन करने देंगे। उन्होंने सभी मिलने वालों को छैलबिहारी या छैलजी के नाम से ही संबोधित करने का पुरजोर अनुरोध किया। अब वे छलियाजी नहीं छैलजी हैं। नाम की भी बड़ी करामात होती है। तभी तो कहा गया है कि 'यथा नाम तथा गुण' अर्थात् जैसा नाम वैसा गुण।

प्रशान्त की प्यास

बैठक की खुली खिड़की से आती हवा के झोंके सरिता के केशों से खिलवाड़ कर रहे थे किन्तु वह प्रकृति के आनन्द से अपरिचित अपनी ही दुनिया में खोई सी बैठी थी। न जाने उसे उसकी इतनी याद क्यों आ रही थी? अनजाने ही उसके साथ इतना लगाव क्यों हो गया था? वह स्वयं भी नहीं जानती थी; किन्तु इतना अवश्य था कि उसे न देखने पर उसका मन बेचैन हो उठता था।

'सरिता बेटी नाश्ता कर लो' माँ की आवाज सुनकर वह एकाएक चौंक उठी। उसके विचारों की शृंखला टूट गयी। उसने घड़ी की तरफ देखा नौ बजने वाले थे। वह फौरन उठी, मुँह-हाथ धोया और नाश्ता करने लगी। उसे आज भी वह दिन याद था जब वह अपनी सहेली नीलू के जन्मदिन पर उसके घर गई थी। वहीं नीलू के भाई से उसका परिचय हुआ था। उसके बोलने का लहजा कितना मधुर और चित्ताकर्षक था।

'भैया! यह मेरी सहेली सरिता है।' नीलू ने परिचय कराते हुए कहा।

'नमस्ते! मुझे प्रशान्त कहते हैं।'

'बड़ा प्यारा नाम है।' सरिता ने कहा।

'आपको यह नाम क्या सचमुच प्यारा लगा।'

'मैंने अभी तक ऐसा ही अनुभव किया है। क्यों नीलू क्या यह गलत है?'

'बिल्कुल नहीं, भैया का दिल वास्तव में प्यार का दरिया है। केवल दिल ही नहीं, इनकी हस्तकला को तुम देखोगी तो देखती ही रह जाओगी?'

'अच्छा तो यह बात है। हमसे भी अपनी कला को छुपाया जा रहा है।'

'नहीं सरिताजी ऐसी बात नहीं, आपने मुझे कहने-सुनने का मौका ही कब दिया? चलिए मैं अभी दिखाता हूँ।'

'सरिता तुम भैया के साथ चलो, मैं अभी आयी। माँ के साथ थोड़ा काम करवा दूँ, वरना डाँट पड़ जाएगी।'

सरिता प्रशान्त के साथ उसके कमरे में गई, जहाँ उसके चित्र दीवारों पर लगे

हुए थे। चित्र क्या थे मानो जीती-जागती तस्वीरों के नमूने थे। प्रशान्त द्वारा बनाये गये कलात्मक चित्रों को देखकर सरिता के मुँह से प्रशंसापूर्ण वाक्यों की झड़ी सी लग गयी।

'सरिताजी आप व्यर्थ में ही प्रशंसा कर रही हैं। वैसे मैं इस योग्य ...।' अभी प्रशान्त पूरी बात भी न कह पाया था कि नीलू ने कमरे में प्रवेश कर चुटकी लेते हुए कहा – 'भैया आज ही सरिता के साथ किस योग्यता की बातें होने लगीं जरा मैं भी तो सुनूँ।'

नीलू की बात सुनकर सरिता के मुँह पर लालिमा सी छा गई। वह बोली, 'ये कह रहे थे कि मैं इस कला की प्रशंसा के योग्य नहीं।'

'अच्छा तो यह बात हो रही थी। मैं तो कुछ और ही समझ बैठी थी।'

सरिता ने नीलू की शरारत भाँपते हुए कहा – 'चल शैतान कहीं की।'

अतीत की इन मधुर स्मृतियों में डूबी सरिता माँ के साथ काम कर रही थी। मोहिनी की शादी के गीतों का बुलावा जो आया था। पिताजी दस बजे के करीब दुकान पर चले गये थे। तभी प्रशान्त ने आकर माँ के चरण स्पर्श करते हुए 'नमस्ते' करके माँ को एकाएक चौंका दिया।

'नमस्ते बेटा! आने से पहले चिट्ठी डाल दी होती तो स्टेशन से लिवा लाते।' माँ ने प्यार भरी डाँट लगाई।

प्रशान्त ने कहा – 'अचानक आकर मिलने में जो आनन्द है वह बताकर आने में कहाँ? यहाँ पर जो चित्रों की प्रदर्शनी लगी है, उसमें प्रदर्शन के लिए कुछ अपने चित्र भी लाया हूँ।'

उधर सरिता एकाएक प्रशान्त को सामने पाकर चौंक उठी। आज उसे अपनी आँखों पर विश्वास नहीं हो रहा था। उसे इस उधेड़बुन में नमस्ते करने का ध्यान भी नहीं रहा।

'नमस्ते सरिता' प्रशान्त ने उसे ख्यालों में खोया देखकर कहा।

'नमस्ते' अपनी झेंप मिटाते हुए सरिता ने पूछा, 'नीलू को क्यों नहीं लाये?'

'यों ही जरा जल्दी में ही आना पड़ा।'

'बेटा नीलू को ले आते तो उसका भी घूमना हो जाता और सरिता का मन लग जाता। तुम लोग जब से गये हो, सरिता की सारी खुशियाँ ही नष्ट हो गयी हैं, गुमसुम सी बैठी रहती है।' माँ ने लम्बी साँस भरते हुए कहा।

प्रशान्त ने सरिता की तरफ देखा तो उसकी आँखें छलछला आयी थीं। प्रशान्त उसके मन की व्यथा को जानता था।

'बेटा तुम झटपट नहा लो, तब तक खाना तैयार हो जाएगा।' सरिता की माँ बोली।

प्रशान्त नहाने की तैयारी करने लगा। सरिता पुनः अतीत की स्मृतियों में खो गई। उसके मन में प्रशान्त के प्रति अगाध निष्ठा और सम्मान भाव बढ़ता जा रहा था। माँ मोहिनी के घर जाते समय सरिता को प्रशान्त का सामान स्टडी रूम में करीने से लगाने तथा खाना खिला देने के लिए कह गयी थी।

आज सरिता को ऐसा लग रहा था मानो किसी ने उसके हृदय के तारों को छेड़कर फिर वही धुन बजा दी हो जो प्रशान्त ने उसके लिए बनाई थी। इसी प्रकार सोचते हुए सरिता ने झटपट नीले रंग की साड़ी पहन ली। वह जानती थी कि प्रशान्त को नीला रंग बेहद पसन्द है। साड़ी पहनकर उसने स्टडी रूम में सामान लगाया तथा आईने में स्वयं को निहारने लगी। न जाने क्यूँ सरिता अपने में एक अजनबीपन सा महसूस कर रही थी। उसे लग रहा था मानो आज उसकी हर धड़कन में सागर की तरंगें गूँज रही है। अपने सौन्दर्य को निर्निमेष नेत्रों से निहारती सरिता ने आईने में अपने पीछे प्रशान्त को खड़ा पाया तो उसका मुँह आरक्त हो गया।

'सरू!' सरिता का कोई उत्तर न पाकर प्रशान्त ने कहा, 'मुझे देखकर तुम चुप्पी क्यों साध लेती हो? क्या वह दिन कभी नहीं आएगा जब तुम मुझे अपनी बात मन से कह सकोगी?'

प्रशान्त के मुँह से उच्चरित 'तुम' सम्बोधन में कितना अपनत्व और प्यार समाया हुआ था। सरिता को लगा जैसे प्रशान्त अब उसका है, केवल उसी का। सरिता ने तुरन्त बात बदलते हुए कहा – 'क्या भूख नहीं लग रही जो इस तरह बातें बना रहे हो।'

'तुम्हें देख कर भूख कहाँ रह जाती है। एक असीम सुख की अनुभूति होती है। सरू! क्या तुम जीवन भर मेरा साथ दे सकोगी?'

'मैं क्या जानूँ?' सरिता ने अपनी प्रसन्नता छिपाते हुए कहा। प्रशान्त ने भाँप लिया कि सरिता को उसका प्रस्ताव अच्छा ही नहीं लगा अपितु स्वीकार्य भी है। सरिता को खाना परोसते देखकर वह पुनः अपनी कल्पनाओं में खो गया।

'खाना शुरू करो ना, अब क्या सोचने लगे।'

'हूँ...ओह! तो क्या तुम मेरे साथ नहीं खाओगी?'

'आप खाइये, मैं बाद में खा लूँगी।'

'ओहो सरू! यह क्या 'आप-आप' की रट लगा रखी है? क्या अभी भी तुम औपचारिक ही बनी रहोगी? यदि बुरा न मानो तो ये नाटक छोड़ो और मेरे साथ खाना खाओ।'

सरिता प्रशान्त के स्नेह पूर्ण आग्रह को टाल न सकी और उसके साथ खाना खाने लगी।

प्रशान्त शाम को माँ से पूछकर सरिता को भी प्रदर्शनी दिखाने के लिए ले गया। प्रदर्शनी में लगे चित्रों में सरिता अपने जीवन के चित्रों को देख रही थी। प्रदर्शनी के बाद दोनों कुछ देर पार्क में जा बैठे। सरू सोच रही थी – 'काश! प्रशान्त इसी तरह मेरे सामने बैठे रहें और मैं उसे अपलक नेत्रों से निहारती रहूँ।'

'सरू'

'हूँ'

'एक बात पूछूँ?'

'पूछिए।'

'क्या तुम्हें मेरा साथ अच्छा लगता है सरू?'

सरिता का मन किसी अज्ञात भय सें आतंकित हो गया, इसलिए वह उत्तर नहीं दे सकी।

प्रशान्त ने फिर कहा – 'सरू! चुप क्यों हो, बोलती क्यों नहीं?'

'प्रशान्त न जाने क्यूँ कभी-कभी मुझे ऐसा लगने लगता है जैसे तुम्हें कोई मुझसे दूर ले जा रहा हो।'

'सरू कैसी बातें करती हो? भला मुझे तुमसे दूर कौन ले जा सकता है?'

सरिता उन्हीं भावनाओं में बहती हुई कहती रही – '... और मैं अकेली, बिल्कुल अकेली रह गयी हूँ प्रशान्त।'

'ऐसा मत कहो सरू। दुनिया की कोई शक्ति हमें अलग नहीं कर सकती।'

प्रशान्त की इस सहानुभूति को पाकर सरिता को असीम आनन्द की अनुभूति हुई। उस रात दोनों अपनी भावी दुनिया के स्वप्न सँजोते रहे।

सुबह हुई। आज शाम की गाड़ी से प्रशान्त को वापिस जाना था। सरिता को फिर उदासी ने घेर लिया। अब उसके लिए आँसुओं को रोकना भी सम्भव न था। वह रुआंसी सी होकर प्रशान्त से कह उठी – 'प्रशान्त जा रहे हो न मुझे अकेला छोड़कर!'

'नहीं सरू मैं शीघ्र ही तुम्हें लेने आऊँगा।'

'क्या ऐसा नहीं हो सकता कि मैं तुम्हारे साथ चल सकूँ?'

'क्यों नहीं हो सकता, माँ से पूछ लो?'

'डर लगता है। अगर माँ ने मना कर दिया तब क्या होगा?'

'माँ कभी मना नहीं करेगी सरू। जाओ पूछ लो और अभी तैयारी कर लो।'

सरिता के मुँह से जाने की बात सुनकर माँ ने सोचा सरू गुमसुम सी रहती है। कुछ दिन नीलू के पास हो आएगी तो मन बहल जाएगा। यही सोचकर माँ ने उसे जाने की अनुमति दे दी। सरिता खुश हो गयी – 'तुम कितनी अच्छी हो माँ।'

आज सरिता बहुत खुश थी। एक तरफ प्रशान्त का साथ था तो दूसरी तरफ सहेली नीलू से मिलने की उमंग। उसकी भाव सरिता हिलोरें ले रही थी।

बेटी के मुँह पर रौनक देखकर माँ भी मन ही मन खुश हो रही थी।

शाम को पिताजी और माँ दोनों स्टेशन गये। कुछ देर तक इधर-उधर की बातें होती रहीं। गाड़ी की सीटी ने सरिता को चौंका दिया। माँ को देखकर उसकी आँखें छलछला आयी थीं। गाड़ी चल पड़ी और सरिता तब तक अपना हाथ हिलाती रही जब तक माँ उसकी दृष्टि से ओझल नहीं हो गई।

अब दोनों अपनी-अपनी बर्थ पर लेट चुके थे, किन्तु सरिता का दिल न जाने क्यों डूबता ही चला जा रहा था।

'सरू! सोई नहीं अभी तक।' प्रशान्त ने पूछा।

सरिता ने रुआँसी सी होकर कहा – 'प्रशान्त कहीं तुम मुझे मँझधार में ही छोड़कर तो नहीं चल दोगे?'

'सरू फिर वही बेतुकी बातें करने लगीं तुम। न जाने मिलन में वियोग की यह कसक तुम्हारे मन से कब निकलेगी।'

तभी गाड़ी को डगमगाता देखकर सरू की चीख निकल गई। उसके बाद...। प्रशान्त को जब होश आया तब वह अस्पताल में था। पूछने पर उसे बताया गया कि उस रात गाड़ी का एक्सीडेंट हो गया था। वह घायल हो गया था और अब इलाज के लिए अस्पताल में भर्ती है।

'प्रशान्त बाबू आपसे कोई मिलने आये हैं।' नर्स ने कहा।

प्रशान्त को लगा मानो सरिता ही बाहर खड़ी उससे मिलने की अनुमति लेना चाहती हो। उसने फौरन नर्स से उसे अन्दर भेजने के लिए कहा।

सरिता की माँ और पिताजी अन्दर आये। प्रशान्त के पास आकर पूछा – 'बेटे, अब तबियत कैसी है?'

प्रशान्त ने उनके साथ सरिता को न देखकर संदेह की पुष्टि के लिए अपने सभी दर्दों को भुलाकर पूछा – 'सरिता नहीं आयी?'

माँ ने कोई उत्तर नहीं दिया। माँ की आँखों में आँसू देखकर प्रशान्त सिसक उठा – 'बताती क्यों नहीं माँ? सरू मुझसे मिलने क्यों नहीं आयी?'

'बेटा वह अब हमारे पास लौटकर कभी नहीं आएगी।' यह कहकर माँ रो पड़ी।

'ऐसा मत कहो माँ? वह मुझसे मिलने जरूर आएगी।'

तभी नर्स ने आकर माँ और पिताजी को वहाँ से हट जाने के लिए कहा क्योंकि प्रशान्त के लिए आराम करना बहुत जरूरी था, किन्तु प्रशान्त के होठों से निरन्तर

सरिता का नाम निकल रहा था। वह बड़बड़ाता हुआ मूर्च्छित हो गया। अचेतन अवस्था में भी बड़बड़ाने के अस्पष्ट शब्द उसके होठों से उच्चरित हो रहे थे – 'सरू प्लीज! मुझसे दूर मत जाओ। मैं तुम्हारे बिना जी नहीं सकूँगा।' किन्तु सरिता तो उसी रात हमेशा के लिए निद्रा देवी की गोद में समा चुकी थी। अब प्रशान्त के पास केवल सरिता की स्मृति रह गयी थी। आज प्रशान्त प्यासा था। वह सोच रहा था कि क्या सरिता के बिना कोई प्रशान्त जी सकता है? नहीं – नहीं।'

तभी नर्स ने उसे नींद का इंजेक्शन लगा दिया।

छोटी बहू का बड़ा भाग्य

सब सो गए हैं। वे भी यानी मेरे पति। नाम नहीं बताऊँगी। बता भी नहीं सकती, क्योंकि पति का नाम बताना भारतीय नारी के लिए मना जो है। सास – जिन्हें मम्मीजी कहती हूँ, वे तो सोई रहती हैं तो भी जागती सी रहती हैं। उम्र का तकाजा है न। साठ की हो गई हैं। कहीं भी बैठ जाएँ, खर्राटे मारने लगती हैं। ससुरजी पहले पहर में गहरी नींद सोते हैं, फिर रात भर करवटें बदलते रहते हैं। सोते भी हैं, तब ऐसे खर्राटे भरते हैं कि सारा मुहल्ला जग जाए। जेठ, जिठानी और मेरे उनकी बड़ी बहन यानी बीबीजी ये तीनों तो नौ बजते ही बिस्तर पर चले जाते हैं। दो छोटी ननदें, तीन छोटे देवर, जिठानी के तीन बच्चे, बड़ी जिठानी की पप्पी और फिर मेरी गुड्डी, जो अभी दो साल की ही है। इन सबको खाना खिलाना, दूध पिलाना, बिस्तर करना और फिर सवेरे के लिए बर्तनों की सफाई का जिम्मा मेरा ही है क्योंकि सभी छोटे बच्चे बारी-बारी से अपने-अपने स्कूल चले जाते हैं।

टन्-टन्। बारह बज गए। मैं कहती हूँ अब बचा ही क्या है इस रात में? एक-दो बार टन्-टन् और हो जाए, फिर घंटे-दो घंटे यों ही ऊँघ कर उठना तो है ही। तारीख भी तो बदल गई। चलूँ एक बार रोशनी बुझाकर कमर सीधी कर लूँ। लगेगा रात है और मैं भी सो जाती हूँ।

पर यह क्या? ये तीनों बच्चे सोते भी तो मेरे साथ हैं। देखो, मेरी गुड्डी और बड़ी जिठानी की पप्पी ने क्या हाल कर दिया है बिस्तर का! राम-राम! सब कुछ तो गीला है। चद्दर एक ही है मेरे पास, वह भी फटी-सी हो रही है। कमबख्त बच्चे भी भीगे पड़े हैं। कितना कहा उनसे एक नया चादर ला दो, पर सुनते ही नहीं। कहते हैं – 'भाभीजी कहेंगी अपनी बहू को रानी बनाना चाहता है।'

बहुत समझाया मैंने ये बच्चे हैं; इन्होंने क्या बिगाड़ा है? मेरी गुड्डी की बात छोड़ो पर इस पप्पी का तो ध्यान करो। इसकी माँ सात महीने की छोड़कर मरी थी। इसे तो मत मारो। पर ये कब सुनते हैं। उनकी अम्मी यानी सासूजी से कहो तो साठ सुनाती है – 'मैंने तो इससे भी गई-गुजरी हालत में दिन गुजारे थे। तू चली है

महारानी बनने।'

'बदनसीब बच्चो! तुमको रोज यों ही गीले बिस्तरों पर सोना पड़ता है। आज भी सोते रहो। रही मेरी बात, तो सोना मेरे भाग्य में बचा ही कहाँ है? काम करते-करते जो झपकियाँ ले लेती हूँ वही क्या कम है? ये सासूजी क्या जानती नहीं, यही हालत कभी इनकी भी रही होगी। कभी-कभी वो अपना रोना रो ही देती है। उस दिन कह रही थीं कि मैं जब इस घर में आई तब बीस आदमियों के लिए आटे में पानी पड़ता था। सारा दिन गीली लकड़ियाँ धौंकते-धौंकते गुजरता था। बड़े भारी थे वे दिन।'

और अभी कौन गीली लकड़ियाँ सूख गई हैं। उस दिन सास भी दिखा रही थीं अपने सोने के जेवरों की पोटली। होगा कोई सत्तर-अस्सी तोला। बिना मिलावट के पुराने सोने का शुद्ध जेवर। जमीन में गाड़ रखे थे। दीवाली पर पूजा के लिए निकाले गए थे और फिर गाड़ दिए गए। मैंने पूछा, 'मम्मीजी! कभी इनको पहनती क्यों नहीं?' सुनकर बोलीं – 'ज़ेवर होली-दीवाली की शोभा होते हैं। रोज पहनें तो मुहल्ले की सब औरतें जलेंगी और फिर चोर-चकार का भी ध्यान रखना पड़ता है।'

'तो फिर इनका उपयोग ही क्या है?'

'उपयोग में लाए जाते तो कब के खत्म हो गए होते। क्या चढ़ता तेरी शादी में?'

'शादी के बाद तो ये धरती की शोभा ही हो गए मम्मीजी।'

'धरती की शोभा नहीं बहू, ये तेरे बच्चे की बहू की शादी में शोभा देंगे। ऐसे भी ये न जाने कितनी पीढ़ियों से इस कुल की बहुओं की शोभा बढ़ाते रहे हैं।' सास की छाती गर्व से फूल उठी थी।

मुझसे रहा नहीं गया – 'मम्मीजी, जब आप शादी के बाद इस घर में आई थीं और गीली लकड़ियाँ धौंक-धौंक कर बीस आदमियों का पेट भरती थीं, तब क्या आपको यह ख्याल नहीं आता था कि काश! ये जेवर लकड़ियों को सूखा बनाने में काम आते।'

सासूजी का अवचेतन मानो बिजली की तरह कौंध गया – 'आता तो था बहू पर क्या कर सकती थी? बहुत चाहा, मैं भी घर के अन्य लोगों के सुख में हिस्सेदार बनूँ, पर मैं तो बहू थी। मेरा वही भाग्य था जो आज तेरा है।'

'बहुत दिनों बाद मम्मीजी आज आप मेरे दर्द को पहचान रही हैं। सब कहते हैं बहू गृहलक्ष्मी होती है। ससुरजी कहते हैं बहू मेरी बेटी के समान है। पर मैं क्या कहूँ यह आप अपने अतीत में लौटकर ही समझ सकती हो।'

सासूजी का सिर सोचने की मुद्रा में कुछ हिला और वे बोलीं – 'तू ठीक कहती है बहू। पर घर में इतने काम हैं कि इन्हें करे भी तो कौन? घर में तू ही सबसे छोटी

है। हिन्दू संस्कृति के अनुसार तेरा यही कर्त्तव्य है कि अपने बड़ों का सम्मान कर, उनकी आज्ञा मान।'

'तभी तो आप कभी भूल से भी झाड़ू उठा लें तो मेरे ये आपे से बाहर होकर डाँटते हैं। ये चुप भी रह जाएँ तो ससुरजी इन्हें याद दिलाते हैं कि तेरी बहू आजकल पटरानी हो गयी है। सारा काम तेरी माँ करती है और वह बैठी-बैठी खाती है।'

सास फिर वर्तमान में आ गई और बोली – 'कैसे खानदान की है तू? अपने पति की निन्दा तो कर ही रही है, ससुर को भी नहीं छोड़ती। घोर नरक में पड़ेगी, समझी?'

मुझे एक झटका सा लगा। अचानक कक्षा में व्याख्यान देते प्रोफेसर की याद आ गयी जो भारतीय संस्कृति की प्रशंसा करते-करते गद्गद होकर आनन्द के अश्रु बहाने लगते थे। कितनी बार उन्होंने दुहराया था – 'भारतीय संस्कृति में नारी की पूजा होती है और जहाँ नारी की पूजा होती है वहाँ देवता निवास करते हैं।'

मैंने एक-दो बार उनसे पूछ लिया था – 'सर, हमारे घर में तो सब बराबर हैं। कोई किसी की पूजा नहीं करता। सब अपना-अपना काम खुशी-खुशी करते हैं। किसी भी काम के लिए न कोई छोटा है, न कोई बड़ा। तो हमारे घर के लोग क्या कहलायेंगे?'

प्रोफेसर साहब झल्ला उठे – 'तुम्हारा परिवार पश्चिम से प्रभावित हो रहा है। मैंने देखा है तुम्हारे घर का हाल। उस दिन तुम्हारे पिताजी ने चाय पर बुलाया था न? तुम्हारी मम्मी चाय बना रही थीं, तुम बर्तन साफ कर रही थीं और पिताजी चाय का सामान जुटाते दौड़-धूप कर रहे थे। और तुम्हारी भाभी बच्चे को दूध पिलाती हुई कमरे में भीतर कहीं लेटी थी, तुम्हीं ने बताया था न।'

'हाँ सर, बताया था। शायद उस समय ही आपको भारतीय संस्कृति की याद आ गई थी और आपने सोचा होगा कि यह सब काम मेरी भाभीजी क्यों नहीं कर रही हैं?'

'हाँ, सोचा था मैंने और क्रोध भी आया था तुम्हारे भाई पर। मेरा लड़का इस तरह बहू को सिर चढ़ाता तो मैं तो उसका सिर फोड़ देता।'

'तो सर, बहू को क्या करना चाहिए था?' मैंने फिर पूछ लिया था।

सर बोले थे – 'भारतीय संस्कृति का सरासर अपमान है यह। घर में बहू के रहते सास-ससुर काम करें तो उस घर से धर्म विदा हो जाता है।' फिर वे धर्म की व्याख्या करने लग गए थे।

और आज जब मैं अन्य कक्षाओं में पढ़ाए गए नारी स्वातंत्र्य की आधुनिक विचारधारा के पाठों का स्मरण करती हूँ तब लगता है कि यह देश घने कोहरे में दम

तोड़ रहा है। यहाँ करनी और कथनी में कितना अन्तराल है।

हमारे परिवारों में सारा वातावरण अब भी वैसा ही दमघोंटू बना हुआ है जैसा अतीत में रहा होगा। मुझे लगता है कि मेरा एम.ए. करना निरर्थक ही नहीं गया, अपितु मेरी मानसिक शक्तियों का अवरोधक भी बन गया है। काश! मैं अनपढ़ होती और चूल्हा झोंकती रहती, चुपचाप बिना कुछ सोचे।

अतीत से निकलकर वर्तमान में आते हुए मैं सासूजी से पूछ बैठी – 'मम्मीजी, दो ननदें तो तुझसे छोटी हैं, वे क्यों नहीं मेरे काम में थोड़ा-बहुत हाथ बँटातीं?'

मम्मीजी की आँखों में सुर्खी दौड़ गई थी। वे गरजकर बोलीं – 'तू ननदों का दर्जा नहीं जानती। उम्र में छोटी हैं तो क्या हुआ, इज्जत में तो तुझसे बड़ी हैं। घर में तेरे रहते वे काम करेंगी? मैंने कभी अपनी ननदों से कोई काम नहीं कराया, समझी?'

समझ गई हूँ, उसी दिन से मैं यह समझ गई हूँ कि मैं इस घर में सबसे छोटी बहू हूँ। मुझे याद है अपने गाँव का छोटू चमार। उसकी हालत मुझसे बहुत मिलती-जुलती है। वह भी हिन्दू है, उसे भी भारतीय संस्कृति का बोझ ढोना है। बचपन से ही उसे समझाया गया है कि वह अछूत है। जब भी कोई ब्राह्मण उसके पास से निकले, उसे खड़ा हो जाना है, हाथ जोड़कर पैर पड़ना है। गाँव में उसका अस्तित्व सिर्फ इसलिए है कि वह अपनी पत्नी और बच्चों सहित सब के खेतों और घरों में दिन-रात काम करे। बदले में जो भी मजदूरी मिलती है, उसे सिर माथे लगा लेता है। सबका जूठा अन्न खाता, न सोने का ठिकाना, न हारी-बीमारी में दवा-दारू का।

वह अछूत है, मैं बहू हूँ। उसे केवल बेगार करनी पड़ती है, मुझे बेगार के साथ-साथ पिताजी से इतना दहेज भी लाकर देना पड़ा, जिससे सास-ससुर का बैंक खाता कई गुना हो गया। फिर भी मेरे 'उनकी' शिकायत है कि स्कूटर नहीं आया। सास कहती है – 'फ्रिज घटिया किस्म का आया है।' ससुरजी की कुछ न पूछिये, बारात की विदाई के समय बीस हजार का ड्राफ्ट लेकर थाली सिर पर रखकर नाचे थे। उनका यह नाचना भारतीय संस्कृति का अंग बताया गया था। लोगों ने कहा था – 'यह तो दहेज है, राम-राम! आप तो दहेज विरोधी सभा के अध्यक्ष हैं।' ससुरजी ने ड्राफ्ट जेब में रखते हुए मुस्कुरा कर कहा था – 'दहेज तो वो है जो माँगा जाता है। मैंने माँगा था यह?' मेरे पिताजी पास में ही खड़े थे। उनका उत्तर मोम की तरह पिघल कर बह निकला – 'हाँ, आपने तो शादी का स्तर मात्र पूछा था और अपने पड़ोसी के लड़के की शादी में आए दहेज की चर्चा मात्र की थी।'

ससुरजी थोड़ा चिढ़ गए थे, पर उस समय कहते भी तो क्या। अब उसका बदला निकाल रहे हैं। मैं इस घर में आ गई हूँ तो दीवारें भी तोते की तरह ताने सुनाती हैं।

फिर टनू-टनू। कमबख्त घड़ी है कि चली ही जा रही है। दो बजा दिए इसने। चार बजे जगना है; क्योंकि वह छोटी बहू के लिए ब्रह्म वेला है। भारतीय संस्कृति में घर की छोटी बहू अगर इस वेला में सोती रहे तो घर की बरकत उड़ जाती है। पाँच बजे तक तो उसे नहा-धोकर चाय चढ़ा देनी है, नाश्ता बना लेना है और छह बजते-बजते सास-ससुर को जगाकर पहले उनके पैर छूने हैं। यह तो उसका परम धर्म है। पर आशीर्वाद में मिलेगा क्या? मुझे तो रोज दो गालियाँ मिलती हैं – 'कलमुँही! यही पढ़ा था कॉलेज में? सारी चीनी में आग लगा देगी। तेरे बाप ने ऐसा कितना धन भेज दिया है जो बेहिसाब चीनी डालकर चाय को चासनी बना देती है।' मैं चुपचाप चली जाती हूँ और कोल्हू के बैल की तरह फिर घर के काम में जुट जाती हूँ। बाथरूम में तौलिया लेकर जाते हुए मेरे 'वे' मुझे टोककर कहते हैं – 'गुमसुम क्यों हो? आज सुबह से ही मुँह फूला हुआ है।' मैं उन्हें सास-ससुर को चाय के प्याले थमाने पर मिली फटकार की बात कहती हूँ। उत्तर मिलता है – 'अरे सास-ससुर की फटकार तो आशीर्वाद होती है। तुम तो भाग्यशाली हो कि तुम्हें सबकी सेवा का सुअवसर मिलता है।' और वे बाथरूम में चले जाते हैं। मैं बुदबुदाती हूँ – 'आज यह क्यों नहीं कहा कि 'छोटी बहू बड़ा भाग्य।'

प्रतिदान

उसको जब मैंने पहली बार देखा तो बड़ी प्रभावित हुई। गोरा रंग, इकहरा बदन, बड़ी-बड़ी चमकदार आँखें, आकर्षक मुख मुद्रा, अंग्रेजी ढंग के कटे हुए बाल। सभी कुछ उसमें मुझे अच्छा लगा था। बस, उसके हाथ मैल की पर्तों के कारण काले पड़ गए थे और घिनौने लगते थे। जेबरा की सी धारी वाली रंगीन मोटी सूती जर्सी और नीला नेकर पहने वह एक कुलीन लड़का दिख रहा था। उम्र बस यही कोई बारह-चौदह के बीच होगी। वह प्रो. अग्रवाल के आँगन में जग हाथ में लिये घूम रहा था। मैं जब तक कि उससे कुछ पूछती, प्रोफेसर साहब ने बड़ी शालीनता से आगे बढ़कर मेरा स्वागत किया और बोले – 'आइये – आइये। रुक कैसे गईं?' वे मुझे ड्राइंग रूम में ले गये। मैंने सोफे पर बैठते हुए सवाल दागा – 'यह लड़का कौन है? इसे मैं पहली बार देख रही हूँ।' प्रोफेसर साहब बोले – हाँ, पिछले हफ्ते ही इसे बर्तन माँजने और घर के छोटे-मोटे काम-काज के लिए तीस रुपये माहवार पर रख लिया है।' मैंने बीच में ही टोकते हुए पूछा – 'खाना-कपड़ा अलग?' वे बोले – 'नहीं, केवल तीस रुपये ही। कोई पूरे चौबीस घंटे का नौकर थोड़े ही है। बस सुबह-शाम दो घंटे को आ जाता है। बर्तन माँजे, चौका-आँगन धोया, छोटा-मोटा घर का काम किया और रवाना।'

प्रोफेसर साहब ने आवाज देते हुए दो गिलास स्क्वैश और कुछ साथ में लाने को कहा। पुनः मेरी ओर मुँह करके बोल– 'अबकी बार तो बहुत दिनों में चक्कर लगा। आपका भी क्या प्रोफेशन है। सुबह से शाम तक फाइलों की सरपच्ची। हाँ, एक बात अच्छी है – बेरोजगारों का भला तो करते हो। और कम से कम...।'

जब तक वे यह वाक्य पूरा करते, वह एक ट्रे में दो गिलास स्क्वैश और चाँदी के वर्क लगे दो आँवले लेकर आ गया। जल्दी से ट्रे को टेबिल पर रखकर बड़ी विनम्रता से बोला – 'जी, नमस्ते।' मैंने कहा – 'नमस्ते। क्या नाम है तुम्हारा।' 'जी नाम तो ब्रज किशोर है, पर सभी बिरजू कहते हैं।' 'अच्छा, पढ़ते हो या नहीं।' वह बोला, 'जी पढ़ता हूँ, सातवीं में।' 'शाबाश! स्कूल कब जाते हो?' 'जी यहाँ से अब स्कूल ही जाऊँगा। कुछ देर हो जाती है। वैसे स्कूल का टाइम तो साढ़े आठ

से एक बजे का है। घर में साढ़े नौ या दस बजे से पहले नहीं पहुँच पाता हूँ।' मैंने पूछा, 'यहाँ कुछ जल्दी क्यों नहीं आ जाते?' वो बोला, 'जी सुबह पाँच बजे जल्दी से तैयार होकर, बस्ता लेकर सेठजी के यहाँ छः बजे पहुँच जाता हूँ। वहाँ से बर्तन माँजकर सात बजे तक यहाँ आ जाता हूँ। फिर यहाँ से काम करके सीधा स्कूल चला जाता हूँ। एक बजे स्कूल से लौटकर खाना खाकर सेठजी के यहाँ जाता हूँ। सेठजी के यहाँ बहुत काम है, पाँच-छः बज जाते हैं। वहाँ से फिर यहाँ आ जाता हूँ। शाम को आठ बजे तक घर पहुँच जाता हूँ। फिर नींद आने तक पढ़ाई करता हूँ।'

अपनी सायंकालीन दिनचर्या वह मेरे बिना पूछे ही शायद इसलिए बताये जा रहा था कि मेरे प्रश्न उसको और अधिक विलम्ब न कर दें। तभी प्रोफेसर अग्रवाल ने कहा – 'मिसेज शर्मा शर्बत गर्म हो रहा है।' मैंने शर्बत एक घूँट में ही खत्म कर प्लेट के लिए क्षमा माँगी और बिरजू से उसकी व्यस्तता और पिता के विषय में पूछने लगी। प्रोफेसर साहब तैयार होने अन्दर चले गये।

प्रोफेसर साहब कॉलेज जाने के लिए बाहर आये और बोले – 'कहिये कुछ जिज्ञासा शान्त हुई। आपकी पुरानी आदत गई नहीं अभी। साइकोलोजी की स्टूडेंट रही हो न। खुदा ने आपका व्यवसाय भी रुचि का ही दिया है। एम्प्लॉयमेंट ऑफिस में बैठे दिनभर इन्क्वायरियाँ ही करती हो?' यह कहकर वे हँस दिये। फिर बोले – 'और बाकी दिनभर का क्या प्रोग्राम है?' उनका अन्तिम वाक्य सुनते ही मैं जैसे सपने से जाग पड़ी। मेरे विचारों की शृंखला का क्रम कि 'यह लड़का एक निकम्मे, शराबी, जुआरी पिता का पुत्र है, ये कपड़े तो इसे सेठ साहब के बच्चों की उतरन के मिले होंगे, पिता की कठोरता और दुराचरण ने ही इसे और इसकी माँ को नौकरी के लिए मजबूर किया होगा, इस लड़के का भविष्य क्या होगा? वैसे चतुर, शिष्ट और कुशाग्र बुद्धि तो है, आदि-आदि'...टूट गया। मैंने संक्षेप में शीघ्रता से प्रोफेसर साहब को कहा कि 'एम्प्लॉयमेंट ऑफिसर्स कॉन्फ्रेन्स अटेंड करने डाइरेक्ट्रेट आई हूँ। गवर्नमेंट हॉस्टल में ठहरी हूँ। कल शाम की गाड़ी से वापिस जोधपुर लौटना है। आपसे मिले बहुत दिन हो गये थे, इसलिए सुबह-सुबह पहला कार्यक्रम आपसे मिलने का ही बनाया। शीलू, राजू, बबलू कैसे हैं? कोई दिखाई नहीं दे रहा।' प्रोफेसर साहब बोले, 'सभी कल रात से अपने अंकल के यहाँ शादी में गये हुए हैं, मिसेज भी वहीं हैं। बस आती होंगी। मैं देर रात आ गया था। हाँ, खाने में क्या चलेगा? कच्चा या पक्का?' मैंने कहा – 'वह कष्ट न कीजिए। उसका प्रबन्ध तो आज डाइरेक्ट्रेट में ही है। हाँ, कृपया इस लड़के को वेतन के अतिरिक्त भी कुछ सुविधा दे दीजिए।' मुझे अकारण ही बिरजू से सहानुभूति हो आई थी।

'आप आश्वस्त रहें, मैं आपके आदेश का पालन करूँगा।' और प्रोफेसर साहब हँस दिये। मैं नमस्कार कहकर चल दी। व्यस्तता के कारण प्रोफेसर साहब से चाहकर भी दूसरे दिन नहीं मिल सकी।

इस घटना के सात वर्ष बाद...एक दिन रोज की तरह मैं ऑफिस आयी। आज दफ्तर के आगे रजिस्ट्रेशन कराने वालों की भयंकर भीड़ थी। अध्यापक पद के सन्दर्भ में रिक्त स्थानों के लिए प्रत्याशी बुलाये गये थे। मुझे देखते ही चपरासी ने चिल्लाकर कहा – 'मैडम आ रही हैं...रास्ता छोड़ो।' मैं कमरे में आकर बैठ गयी। बैठते ही चपरासी ने कागज का टुकड़ा दिया जिस पर लिखा था – शीला अग्रवाल। पढ़ते ही आँखों के सामने सात वर्ष पूर्व का घटना क्रम घूम गया। मैंने चपरासी से शीला को तुरन्त अन्दर भेजने के लिए कहा।

शीलू ने कमरे में प्रवेश किया और बड़े विनीत भाव और उदासीन मुख मुद्रा से कहा – 'आंटी नमस्ते!' मैंने तुरन्त उत्तर दिया – 'नमस्ते। अरे शीलू तुम! बिना पत्र दिये ही, सो भी ऑफिस में? क्या अग्रवाल साहब ने घर का पता नहीं बताया। बैठो, बैठो। खड़ी क्यों हो? कहो कब आयीं जयपुर से? अग्रवाल साहब तो ठीक हैं?' मैंने एक साथ कई प्रश्न कर डाले।

शीलू की आँखें छलछला आयीं। किसी प्रकार संयत होकर वह बोली – 'आंटीजी, पापा तो...' और वह फफक-फफक कर सिसकने लगी। फिर एक-एक करके उसने अतीत का घटनाक्रम अति संक्षेप में प्रस्तुत कर दिया।

शीलू ने बताया कि उसने बी.ए. गत वर्ष ही तृतीय श्रेणी में उत्तीर्ण किया है। सैकेण्ड ईयर तक गुड सैकेण्ड डिविजन चल रही थी, फाइनल में तीन पेपर ही हुए थे कि वज्रपात हो गया, पापा नहीं रहे। मम्मी और अन्य सबके कहने से मैंने अनिच्छापूर्वक शेष सभी पेपर्स दे तो दिये पर परिणाम तो आपके सामने है। गत वर्ष एक प्राइवेट स्कूल में एवजी में तीन माह पढ़ाया, फिर बेकार। इधर मम्मी ने मुझे आपके पास भेजा है। घर का पता मुझे मालूम नहीं था इसलिए सीधे ऑफिस आ गई। अब आंटी मुझे थर्ड ग्रेड की ही सही, नौकरी अवश्य चाहिए।

मैंने शीला को आश्वस्त करते हुए कहा, 'शीलू चिन्ता न करो। मैं वायदा करती हूँ। आज ही स्थानीय कॉन्वेंट स्कूल से डिमांड आयी है जिसमें ट्रेंड ग्रेजुएट अध्यापकों के लिए नाम भेजे जा रहे हैं। मैं आज ही उस लिस्ट में तुम्हारा नाम भी भिजवा दूँगी। वहाँ मिस लूथर मेरी सुपरिचित है। अतः तुम्हें नियुक्ति अवश्य मिल जाएगी।' शीलू को आश्वस्त करके मैंने भेज दिया।

तत्पश्चात् साक्षात्कार आरम्भ हुआ। चौथे प्रत्याशी को देखकर मैं चौंक गयी। जैसे ही मैंने उससे प्रश्न किया, वह बोला – 'यस मैडम, मैं वही बिरजू हूँ, जिससे

आप अग्रवाल साहब के यहाँ जयपुर में मिली थीं। मैंने बी.ए. सैकेण्ड डिवीजन में और बी.एड. प्रथम श्रेणी में किया है। सालभर एवजी नौकरियाँ करते-करते निराश हो गया हूँ। आप ही की प्रेरणा से मुसीबतें सहकर पढ़ा हूँ। माँ दमे की बीमार है। बहनें विवाह योग्य हो गयी हैं। इन सभी ने मुझे पढ़ने लायक बनाया है। मैं उन्हें अब और जूठे बर्तन माँजने देना नहीं चाहता।'

प्रसंग बदलने की गरज से मैंने दूसरा प्रश्न किया – 'प्रोफेसर अग्रवाल के यहाँ से तुमने कब छोड़ दिया।'

'आपने दुखती रग पर उँगली रख दी मैडम। उन्होंने तो मुझे अगले ही साल घर से निकाल दिया और वह भी झूठा आरोप लगाकर।'

'क्यों? उनका ऐसा स्वभाव तो नहीं था। वे तो गरीबों के मददगार थे।'

'वो तो थे मैडम। लेकिन अपनी बेटी के मददगार सबसे ज्यादा थे।'

'क्या मतलब?'

'तो सुनिए। जब शीलू उनके पढ़ाने के बावजूद भी सेवन्थ में थर्ड डिवीजन आई और मैं सेकेण्ड डिवीजन में पास हुआ तो उन्हें गहरा धक्का लगा। हम दोनों आठवीं कक्षा में आ गये। दोनों के स्कूल अलग थे, अलग जाने का समय। लेकिन घर पर कभी-कभार यों ही शीलू मुझसे और मैं उससे काम करते-करते पढ़ाई की बात कर लेते थे। एकाध बार हम दोनों ने एक-दूसरे की कॉपियाँ लेकर पढ़ीं। एक दिन शाम को मैं शीलू की रेखागणित की कॉपी लेकर घर जा रहा था कि गेट पर आते हुए अग्रवाल साहब ने डाँटकर पूछाँ 'क्या ले जा रहा है?' मैंने कहा, 'शीलू की कॉपी है सर! त्रिभुजों की नकल उतारनी है सो ले जा रहा हूँ। सुबह लेता आऊँगा।' उसी समय लगभग झपटते हुए अग्रवाल साहब ने कॉपी मेरे हाथ से छीन ली और बोले, 'अब समझा शीलू थर्ड क्यों आयी थी? बदजात तेरी यह हिम्मत। दफा हो यहाँ से। कल से मत आना और सात दिन के पैसे लेने अपनी माँ को भेज देना।'

मैं हक्का-बक्का सा रह गया। मैंने गिड़गिड़ाते हुए कहा, 'सर! शीलू ही मेरी कॉपियाँ लेती है। मैंने तो यह दूसरी बार उसकी कॉपी ली है। आगे से कभी नहीं लूँगा। सर! मुझे काम के लिए मना मत करिए। मेरी माँ बहुत नाराज होगी। मेरा बाप मुझे जान से मार देगा और सिसकियाँ भरने लगा।' प्रत्युत्तर में अग्रवाल साहब बोले, 'मैं भी यही चाहता हूँ' और उन्होंने घर में घुसते हुए जोर से दरवाजा बन्द कर लिया। इसके बाद मैं सहमता हुआ घर पहुँचा और माँ को सारी बात सच-सच बता दी। मेरी माँ ने मुझे छाती से लगा लिया और फूट-फूट कर रोने लगी। उसने कहा, 'बिरजू तू अब पढ़, मैं और दो घर जाऊँगी। मैं अपना सब कुछ देकर भी तुझे पढ़ाऊँगी। तू मन छोटा न कर, और मैडम, मेरी माँ उस घर सात दिन के पैसे लेने

भी नहीं गयी। मेरी दोनों छोटी बहिनें भी झूठे बर्तन माँजने लगीं। आज उन्हीं की ढेरों उम्मीदों को लेकर आपसे विनती करने आया हूँ मैडम। अब आप पर ही हैं। मुझे किसी भी तरह यह नौकरी दिलवा दीजिए। मैं और मेरे परिवार वाले आपका अहसान जिन्दगी भर नहीं भूलेंगे।'

बिरजू की करुण कथा सुनकर मेरा अन्तरतम हिल गया। दो मिनट तक मैं मातमी मौन में डूब गयी। फिर प्रकृतिस्थ होकर मैंने लम्बी साँस ली और कहा, 'पुरानी बातें भूल जाओ। तुम्हें पता नहीं अग्रवाल साहब के परिवार पर क्या बीती है। शीलू के सिर से पिता का साया उठ गया है। वह भी आज ही थोड़ी देर पहले अपनी दर्दभरी दास्तान सुनाकर गयी है, और मैंने शीलू का कहा सब कुछ तफसील से उसे कह सुनाया। बिरजू ने प्रत्युत्तर में इतना ही कहा, 'मैडम! शीलू की मदद अवश्य कीजिए। वह बहुत अच्छी लड़की है।' यह कहकर वह उत्सुकता से मेरे उत्तर की प्रतीक्षा करने लगा। मैंने कहा, 'बिरजू, मैं तुम्हारी भी मदद करूँगी। तुम चिन्ता न करो। मैं वायदा करती हूँ। तुम इंटरव्यू के लिए पहुँच जाओ।' मेरे उत्तर से प्रसन्न होकर अत्यन्त विनीत भाव से अभिवादन करके बिरजू चला गया।

मैं विचित्र असमंजस में थी। शीलू या बिरजू। किसके लिए कहूँ? वायदों के घेरे में बन्दी मेरी चेतना कुण्ठित होती जा रही थी। तभी शीला ने आकर मेरी तन्द्रा भंग की साक्षात्कार हेतु आशीर्वाद की मुद्रा में। मैंने उसे भेज दिया शुभकामनाओं के साथ। मैंने तुरन्त डायल घुमाया, 'मिस लूथर हैं? मैं मिसेज शर्मा बोल रही हूँ। एम्प्लॉयमेंट एक्सचेंज से आपके पास बीस नामों की लिस्ट पहुँच गयी होगी। उनमें से आपको ये दो नाम...' मैं अपना वाक्य पूरा करती, उधर से आवाज आई, 'हमें एक ही लेना है।' 'पर क्यों ... मैनेजमेंट ने यह निर्णय कैसे लिया?' यह मेरा किंकर्त्तव्यविमूढ़ विकल स्तर था। 'मैं तो... फिर ठीक है, आप मैरिट से चयन कीजिए मेरा कोई प्रत्याशी नहीं है।' रिसीवर रख मैं फाइलों में खो गई।

दीवार घड़ी जब पाँच के घंटे बजा रही थी, शीला आयी और कहने लगी कि उसका नाम रिजर्व में एक नम्बर पर है। चयन बिरजू का हुआ है। शीला निरन्तर अपने भाग्य को कोसती जा रही थी। मेरी चेतना अधर में झूल गयी।

इसी बीच टेलीफोन की घंटी बजी। मिसेज लूथर बोल रही थीं, 'अनहोनी बात है मिसेज शर्मा, ब्रज किशोर लिखकर दे गया है कि वह ज्वाइन नहीं करेगा; जबकि साक्षात्कार के समय वह नौकरी पाने के लिए गिड़गिड़ा रहा था। शीला के नाम नियुक्ति पत्र टाइप हो रहा है, वह तो ज्वाइन करेगी ना?' मैंने कहा, 'अवश्य करेगी।'

शीला सारे घटनाक्रम से अवाक् थी। वह बिरजू का पता लेकर उसके घर जाने के लिए उठ खड़ी हुई। मिसेज शर्मा भी शीला के साथ टैक्सी करके बिरजू के घर

पहुँच गईं। घर के नाम पर एक पुरानी कोठरी और उसके कोने में कराहती, करवटें बदलती बीमार माँ और मैले-कुचैले कपड़ों में सिरहाने बैठी बहनों को देखकर मन पसीज गया। तभी निढाल सा बिरजू घर में घुसा और हमें देखकर स्तब्ध रह गया। माँ ने कराहते स्वर में पूछा, 'नौकरी का क्या हुआ?'

बिरजू की उदासी देखकर माँ समझ गई। बोली, 'कोई बात नहीं। भगवान कभी न कभी तो सुनेगा।' इतने में शीला ने अपना परिचय देते हुए इंटरव्यू और बाद के बिरजू के निर्णय को कह सुनाया। माँ की आँखें छलछला गयीं। उसने बिरजू की पीठ थपथपायी और कहाँ 'शीलू तुम कल ही नौकरी ज्वाइन कर लो।' मैं जब तक कुछ बोलती, शीलू ने बिरजू की माँ के चरण पकड़ लिए और कहा, 'मैं आपका आदेश मान लूँगी यदि आप मुझे एक वचन दें?' बिरजू की माँ ने आश्चर्य से कहा, 'क्या वचन दूँ?' 'आप मुझे अपने घर की बहू बना लेंगी' कहते हुए वह संकोचवश माँ के पैरों पर झुक गयी। मूकद्रष्टा की तरह मैं बिरजू के त्याग और उपलब्धियों को देखकर विस्मयमुग्ध थी। सचमुच बिरजू ने सबकुछ पा लिया, उसका प्रतिदान असाधारण था।

संवेदना के क्षितिज

जीवन के पच्चीस बसन्तों की बहार देखने के बाद आज छब्बीसवें पतझड़ ने प्रतिमा को एक दोराहे पर लाकर खड़ा कर दिया। वह अपने सुरम्य बंगले की पौध चारदीवारी के कोने वाले पोर्च में खड़ी कार पर कोहनी टेके न जाने क्यों संवेदना के क्षितिजों के भटकाव में खोई हुई थी। न जाने आज ऐसा क्या अनपेक्षित घटित हो गया कि वह अपनी उपलब्धियों पर सोचने के लिए विवश थी। प्रतिमा के सामने एक और प्रतिमा खड़ी थी, जो उस पर प्रश्नों की बौछार कर रही थी कि तुम कार और बंगले वाली हो, तुम डॉक्टर हो, तुम्हारे पास रूप का धन है, तुम गुणवती और प्रतिभाशालिनी हो, लोग तुम्हारी कृपा की आकांक्षा करते हैं, तुम्हारी अच्छी प्रेक्टिस चलती है, तुम्हारे हाथ में यश है आदि-आदि। प्रतिमा की प्रतिमा मानो प्रश्न पर प्रश्न किए जा रही थी कि क्या सचमुच ये तुम्हारी उपलब्धियाँ हैं? इन उपलब्धियों के लिए तुमने क्या-क्या खोया है? प्रतिमा के मस्तिष्क में ये सब विचार बिजली की तरह कौंध गये। उसने सिर को इतने जोर से झटका दिया कि ढीले जूड़े में बँधी केश-राशि बिखर कर हवा में लहराने लगी। उसका चेहरा क्रोध से लाल होकर तमतमा गया। उसने लगभग चीखते हुए नौकरानी को पुकारा, 'रक्षा, ओ रक्षा, मर गयी क्या?' 'जी बाई सा' कहकर हाँफती सी रक्षा मेरे सामने अपराधी की मुद्रा में उपस्थित थी। मेरा इतना ध्यान रखने वाली, वफादार और सच्ची सेविका को ऐसी प्रकम्पित मुद्रा में देखकर मैं स्वयं सहम सी गयी कि आखिर किस बात पर मैंने चीखकर उसे पुकारा था। अपनी झेंप को मिटाते हुए मैंने कहा, 'तुम इन दिनों बड़ी लापरवाह हो गयी हो, गेट खुला पड़ा है, कोई गाय घुस गयी तो पौधों को चौपट कर जाएगी। कुर्सियाँ अभी तक भी लॉन में पड़ी हैं। वहीं पत्रिकाएँ और पुस्तकें बिखरी पड़ी हैं। तुमसे इतना भी नहीं हुआ कि बिना कहे इन्हें यथा-स्थान रख दो। आखिर कुछ तो जिम्मेदारी महसूस किया करो। मैं सारा घर तुम्हारे सहारे छोड़ कर निश्चिंत रहती हूँ और तुम हो कि ...' मेरा वाक्य पूरा भी नहीं हुआ कि अपराधिनी की मुद्रा में सारे आरोपों को बिना प्रतिवाद स्वीकार करते हुए हाथ जोड़कर बड़ी दीन-हीन मुद्रा में रक्षा

ने कहा, 'जी बाई सा! आप दुरुस्त फरमा रही हैं। पर मैं इतना कह दूँ कि आप अभी जब सुबह की सैर करके लौटी थीं तो आपने ही कहा था 'गेट खुला रहने दो, मैं फिर जा रही हूँ' और सुबह जब पत्रिकाएँ समेट रही थी तो आपने ही फरमाया था कि 'रक्षा सब यूँ ही पड़ा रहने दे ... आज मैं हॉस्पिटल नहीं जाऊँगी' अब इसमें मेरा क्या कसूर है।' इतना कह वह ठिठक कर खड़ी हो गयी। मुझे ही ग्लानि की अनुभूति हुई और मैंने कहा कि, 'कोई बात नहीं...मैं तो यूँ ही तुम पर बरस गयी। आज सुबह से ही मूड ठीक नहीं है। रात को मैंने ऐसा सपना देखा कि मैं अन्दर तक हिल गयी हूँ।'

रक्षा ने भर्राये गले से एक शुभचिन्तक की तरह प्रश्न किया कि, 'क्या देखा बाईसा?' मैंने बिना झिझके कहा कि 'मैंने आज सपने में उसे देखा जिसे मैं अब देखना नहीं चाहती। एक समय था जब मैं उसके ही सपने देखती थी। उसी के किसी व्यवहार से आहत होकर मैंने उन सपनों को हमेशा-हमेशा के लिए तोड़ दिया। अब अनचाहे सपने में भी उससे साक्षात्कार अच्छा नहीं लगा। इस पर भी उसने मेरी उपलब्धियों की खिल्ली उड़ाते हुए बहुत से सवाल पूछ लिए और मैंने एक का भी जवाब देना अपना अपमान समझा...खैर, तू जा एक कप कॉफी लाकर ड्राइंग रूम में रख दे और देख कोई मिलने आये तो कह देना कि मेमसाहब की तबियत ठीक नहीं है, वे आराम कर रही हैं।'

यह कह कर मैं डगमगाते कदमों और अनमनी मुद्रा में अपने ही विचारों में खोई हुई ड्रॉइंग रूम के बीच वाले सोफे पर धड़ाम से पसर गई। मेरे एकदम सामने एक पेंटिंग रखी थी, जो मैंने कॉलेखा होगा तथा आने वाले अतिथियों से दर्जनों बार इस पर चर्चा भी हुई होगी, पर आज मानो मैं स्वयं इससे चर्चा करने के मूड में थी। जब ये पेन्टिंग बनायी थी, तब सब कुछ क्लीन स्लेट था। तूलिका में भी रंग यूं ही उभार लेते गये। इस पेंटिंग का बॉर्डर अंगारे जैसी रेखाओं में उभारा गया था। बीच में लहलहाती हरीतिमा और बिल्कुल बीच में यानी केन्द्र में एक नर्गिस का फूल था, बड़ा जबरदस्त कंट्रास्ट था रंगों का। कहने को तो ये पेंटिंग बड़ी सरल थी, पर इसके उभार और रंगों के गुबार उतने ही तीखे और रोमांचक थे। आज मैं कुछ ज्यादा ही गौर से अपनी दृष्टि को नर्गिस के फूल पर केन्द्रित किए हुए थी। मुझे उसमें फिर अपनी ही प्रतिमा प्रतिबिम्बित होती दिखाई दी। कुछ देर पहले की हलचल फिर शुरू हो गयी। मेरी नसों में तनाव बढ़ने लगा। धमनियों में बहते रक्त के चाप का तो मुझे भान नहीं किन्तु ऐसा लग रहा था कि प्रतिमा के प्रश्न मुझे निरुत्तर कर एक प्रतिमा बना रहे हैं। नर्गिस के फूल में उभरी प्रतिमा कह रही थी, 'अंगारों वाली धाराओं के जलते हुए परिवेश से निकल कर तुमने हरा-भरा नखलिस्तान तो बना

लिया, पर सोचो कि बंगले की मालकिन होकर भी बेसहारा हो, तुम कार वाली होकर भी बेकार हो, तुम रूपवती हो पर तुम्हारे रूप का प्रशंसक कौन है? धन ही धन बढ़ा रही हो, पर खर्च कहाँ और कैसे करोगी? तुम सैकड़ों-हजारों को रोग-मुक्त करके भी स्वयं रोग-ग्रस्त हो, तुम्हारा रोग लाइलाज है। तुम नर्गिसी सफेदी में सिमटी कायर, डरपोक, अस्तित्वहीन, मातृत्वहीन, पराधीन नारी हो, केवल नारी जिसे अबला भी कहते हैं।'

मैं जोर से चीख पड़ी, 'ओफ! बन्द करो ये बकवास। मैं कुछ सुनना नहीं चाहती। मैंने शरीर विज्ञान, वात्स्यायन का कामसूत्र और फ्रायड का मनोविज्ञान तीनों एक साथ पढ़े हैं। मैंने जीवन साथी के साथ ना रहने या अकेले जीवन बिताने का फैसला जागरूक चेतना से किया है। मुझमें विवेक शक्ति, साहस, आत्मनिर्भरता सब कुछ है। मुझे ऐसे पति का सहारा नहीं चाहिए जो गुलाम बना दे। मुझे ऐसे सगे-संबंधियों का प्यार नहीं चाहिए जो मेरे विवेक को कुण्ठित कर दें। मुझे धर्म की दुहाई और सामाजिकता के झूठे आश्वासन मत दो, जो मुझे बन्धनों में जकड़ दे। मैंने जो भी निर्णय लिये हैं, विवेक और भावुकता के समन्वित धरातल पर खड़े होकर लिये हैं। वे निर्णय ही मेरी उपलब्धियाँ हैं। अनचाहे मेरे हाथों ने कभी अंगारों में नखलिस्तान को जन्म दिया था, मैं उसे अपने जीवन की सबसे बड़ी उपलब्धि मानती हूँ।...तुम हट जाओ प्रतिमा, बस मुझे ही प्रतिमा रहने दो। मेरी प्रत्येक उपलब्धि चाहे डॉक्टरी हो, बंगला, कार, रूप या यश सब मेरी अपनी हैं। मैं किसी की मोहताज नहीं हूँ। यह क्या कम उपलब्धि है। हट जाओ प्रतिमा, फिर कभी मुझ पर प्रश्नों का वार ना करना, वरना मैं तुम्हें भी मिटा दूँगी।' यह कहकर मैं जोर से पेंटिंग की ओर झपटी कि अचानक रक्षा ने मेरा हाथ पकड़ लिया और धीरे से सोफे पर बैठाकर बोली, 'बाईसा, कॉफी पियो।' और मैं अपना मस्तक हथेली पर थामे कुछ नहीं सोच रही थी सिवा इसके कि आज रक्षा न आती तो इस पेंटिंग का क्या होता? मेरी संवेदना के क्षितिज भी बड़े विचित्र हैं, मैं इन क्षितिजों के भटकाव से मुक्ति के आयामों की तलाश, इस पेंटिंग के विरल विस्तार में सदैव से करती रही हूँ, मेरी यह खोज ब्रह्म जिज्ञासा की भाँति सदा जारी रहेगी...ओम् शान्ति!

□□